I0551346

AMY ROBSART

DRAME HISTORIQUE, EN CINQ ACTES, EN VERS ET SEPT TABLEAUX,

PAR

J. B. MÉTIVIER.

PARIS,

IMPRIMERIE DE MME VE DONDEY-DUPRÉ,
RUE SAINT-LOUIS, 46, AU MARAIS.

1845.

Y Th.
157

AMY ROBSART,

DRAME HISTORIQUE EN CINQ ACTES; EN VERS, ET SEPT TABLEAUX;

Y ℔

157

PERSONNAGES.

ROBERT DUDLEY, comte de Leicester, favori de la reine, marié secrètement avec Amy Robsart.

LE COMTE DE SUSSEX, général des armées de la reine.

EDMOND TRESSILIAN, cousin du comte de Sussex, prétendu d'Amy Robsart.

HUGH ROBSART, père d'Amy.

RICHARD VARNEY, premier écuyer et favori du comte de Leicester.

BLOUNT, premier écuyer du comte de Sussex.

WALTER RALEIGH, }
TRACY, } jeunes officiers au service du comte de Sussex.

ANTONY ou TONY FOSTER, gardien du château de Cumnor-Place.

MICHEL LAMBOURNE, ami de Foster.

WAYLAND, médecin charlatan, au service de Tressilian.

DÈMÈTRIUS ou ALASCO, médecin charlatan, au service du comte de Leicester.

BOWIER, officier de la chambre du conseil de la reine.

FLIBBERTIGIBBET, jeune espiègle faisant partie de la troupe de comédiens arrivés à Kénilworth. ami de Wayland.

LAWRENCE, surveillant au château de Kénilworth.

ÉLISABETH TUDOR, reine d'Angleterre.

AMY ROBSART, épouse du comte de Leicester.

JEANNETTE, fille de Foster, confidente d'Amy Robsart.

LA DUCHESSE DE RUTLAND, *personnage muet.*

SUITE DE LA REINE.

SUITE DU COMTE DE LEICESTER.

SUITE DU COMTE DE SUSSEX.

La scène se passe l'an 1560. Le premier acte et le septième tableau, à Cumnor-Place; le deuxième acte à Greenwich; les troisième et quatrième actes, et sixième tableau, à Kénilworth.

PARIS.— IMPRIMERIE DE Nᵐᵉ Vᵉ DONDEY-DUPRÉ,
rue Saint-Louis, 46, au Marais.

AMY ROBSART,

DRAME HISTORIQUE EN CINQ ACTES, EN VERS, ET SEPT TABLEAUX.

PAR J. B. MÉTIVIER.

ACTE PREMIER.

Premier Tableau.

Le théâtre représente une vieille salle du château de Cumnor-Place. Grande porte dans le fond. Deux portes latérales, une à droite et l'autre à gauche. Une croisée, à gauche du spectateur, près de laquelle est une table, et sur cette table des livres. Un siége près de la croisée et un près de la grande porte, placé à droite du spectateur.

SCENE PREMIÈRE.

FOSTER, seul.

Au lever du rideau, Foster achève de ranger les livres sur la table.

Arrive maintenant, le comte Leicester ;
Il ne pourra, je crois, gronder son vieux Foster ;
Car pour le recevoir, tout est prêt, et je pense
Qu'on doit en rendre grâce à mon intelligence.

Désignant un autre appartement que celui dans lequel il est.

Quel bel appartement !... Il en sera ravi !...
Non, jamais ouvriers ne l'avaient mieux servi ;
Et dans si peu de temps.

Il compte sur ses doigts.

Sept et cinq font bien douze ?
En douze jours, tout fait. Ah ! mais pour son
                          [épouse,
En sera-t-il encor mille fois plus content !...
La comtesse est si belle !... et puis il l'aime tant !..
Ah ! ma foi, c'est égal, pour femme légitime,
Il est bien des maris, qui fuiraient sa maxime.
Une chose pourtant, que je ne conçois pas ;
C'est de faire veiller toujours sur tous ses pas ;
Et surtout, que ce soit Varney, le plus sévère :
Il semble appréhender qu'elle aille voir son père :
Voyez un peu quel mal, d'aller voir un vieillard,
Et de le consoler d'un imprudent départ ?...
Quand surtout il ignore en quels lieux est sa fille ;
Et si le déshonneur, n'est pas dans sa famille !...
C'est vraiment scandaleux !... Oh ! Varney, je vois
                          [bien,
Que des devoirs sacrés, tu n'as su jamais rien !...
Mais après tout, Foster, tu parles de ces choses...

Et n'en sais-tu pas bien les véritables causes ?...
Pourquoi chercher encor dans l'urne du destin?...
Et que t'importe, à toi, cet hymen clandestin?...
Les ordres de Varney, voilà, ce qu'il faut suivre;
Ma fortune en dépend, gagnons-la, pour bien
                          [vivre...

Il réfléchit.

Je songe à ce gaillard, qu'il me lui faut trouver?..
C'est assez difficile... enfin, j'y vais rêver.

Il se dispose à sortir par la porte à gauche du spectateur.

Comme par le passé, tel le veut ma fortune,
Soyons dur pour la dame et sans douceur aucune.
On est à sa recherche, et pour tout importun,
Fermons bien notre porte... hem !... j'ai cru que
                          [quelqu'un...

Il regarde sans partir de sa place.

Non, je me suis trompé. Je suis toujours en
                          [doute ...
C'est que notre château touche à la grande route?..

La porte du fond s'entr'ouvre, on aperçoit les personnages de la 2me scène.

Puis, ce que Tiderson, ce matin m'a conté ;
Me met sur le qui vive !... endurcit ma bonté :
Oui, c'est chez Gill Gosling, dans son auberge
Qu'hier, des étrangers, dans une joie extrême !...
Car ils étaient en joie! a-t-il dit, et très-fort ;
Ont gagé qu'aujourd'hui, sans faire aucun effort,
Ils viendraient en ces lieux délivrer la comtesse.
Ces desseins, Dieu merci, sont formés dans l'ivresse ;
Et je ne pense pas qu'un projet si hardi,

La porte du fond s'ouvre tout-à-fait.

Puisse avoir du succès : surtout un vendredi !...

En ricanant.

Pour rire à leurs dépens, mettons-nous en me-
[sure.
Oh ! je les vois pester, d'avoir fait leur gageure.
Vite, allons... Si Richard arrivait par malheur !..
Lui, qui de notre dame est cru le séducteur ;
Et qu'il trouvât chez nous, quelques amis du
[père...
Ah ! mon Dieu !... contre moi, quelle horrible
[colère !...

*Il sort en courant à gauche du spectateur, on l'entend fer-
mer à clef.*

vvvvvvvvvvvvvvvvvvvvvvvvvvvvvvvvvvvvvvvvvvvvv

SCENE II.

E. TRESSILIAN, Mⁱ LAMBOURNE.

*Au moment où la porte du fond s'est ouverte, Tressilian
sortait sa bourse de sa poche ; il donne de l'argent à deux
vieilles servantes qui paraissent vouloir les empêcher
d'entrer, et qui se retirent aussitôt qu'elles ont l'argent.*

M. LAMBOURNE.

En dépit de Gosling, notre hôte de l'*Ours-Noir*,
Mon cher oncle, en un mot, je suis dans ce ma-
[noir.
Avec l'ami Goldthred, j'ai gagné ma gageure ;
J'ai par vous bon témoin, il paiera, je vous jure.
Hé bien ! à l'avenir, croirez-vous mon serment ?...

E. TRESSILIAN.

Ne soyons pas si fiers !... C'est vrai, pour le mo-
[ment,
Nous sommes introduits dans la sombre demeure,
De votre ami Foster...

M. LAMBOURNE.

Mon ami ?... que je meure,
Sur l'heure, devant vous, si jamais il le fut.

E. TRESSILIAN.

Comment, le craignez-vous ?...

M. LAMBOURNE.

Je n'ai craint, ni l'affût,
Ni les combats sanglants, comment craindrais-je
[un homme ?...
Quoique pour courageux mon ami le renomme,
Voulez-vous qu'à vos pieds, s'il fait le rodomont,
Je l'abatte ?...

E. TRESSILIAN.

Arrêtez : soyez un peu moins prompt ;
Que le vin de Gosling, nectar des Canaries,
Ne vous fasse aujourd'hui faire quelques folies.
Nous sommes dans ces lieux, moins pour parler
[que voir ;
Sachez, en homme adroit, nous faire recevoir ;
Du bon monsieur Foster, trompons l'intelligence ;
Courons à notre but en toute diligence.
Qui nous amène ici ?... la curiosité,
De voir de ce château la captive beauté ?...

Nous sommes introduits ; mais ce n'est pas sans
[peine.
Peut-être nous avons à rompre quelque chaîne.
Ménageons nos propos ; Alison et Dorcas
Pourraient se repentir d'accepter des Groas.
Vous êtes aguerri, je ne crains rien sans doute ;
Mais vrai, dans de tels lieux, le plus hardi redoute.

M. LAMBOURNE.

Fi !... lord Tressilian !... Quoi ! vous craignez ici ?...
Un noble comme vous, peut-il agir ainsi ?...
Cachez plus votre crainte. . Un jour toute la terre
Pourrait rire, en lisant l'histoire d'Angleterre,
Si votre nom...

E. TRESSILIAN, *portant la main à son épée.*

Michel ! par saint Georges ! j'ai tort ;
Mais cessez ce discours ; car je respire encor ?...
Et ce fer, qui toujours sut défendre son maître,
Pourrait me délivrer, d'un licencieux traître !...
Je suis de Cornouaille, et mon bras est connu ;
Que je ne crains jamais, plus d'un est convenu ;
Je brave tout danger ; mais j'use de prudence.

M. LAMBOURNE.

Je trouve un homme enfin... C'est bien. Faisons
[silence.
On vient, la porte s'ouvre et j'aperçois Foster.
Vous allez me connaître...

vvvvvvvvvvvvvvvvvvvvvvvvvvvvvvvvvvvvvvvvvvvvv

SCENE III.

LES MÊMES, FOSTER.

FOSTER, *à part.*

Ah ! séjour de l'enfer...

Haut à Tressilian.

Qui donc, contre mon ordre, a pu donner l'entrée,
A votre seigneurie ?...

Foster baisse la tête et ne s'aperçoit pas qui lui répond.

M. LAMBOURNE, *ne donne pas le temps à Tressilian de répondre, et prend la parole.*

Ami, votre contrée,
Pleine sur tous les points de curiosités,
En la quittant, nous a malgré nous arrêtés.
L'aspect de ce château qui forme votre asile,
Plutôt fait pour des dieux, que pour l'être servile,
Offre à des étrangers un coup d'œil enchanteur ;
Gouvernés par l'esprit d'un démon tentateur,
Au risque d'encourir toute votre colère ;
Certains, que sur ce point, nous ne pouvions
[vous plaire ;
Nous avons dû, guidés par un noble devoir,
Braver l'ordre donné pour chercher à le voir ;
Et des gardes, forcer la vive résistance.

FOSTER, *à part.*

Voilà de ces héros, formés pour la potence.

Haut, s'adressant toujours à Tressilian.

Mais pourrai-je savoir, mon très-noble seigneur,
Qui me procure enfin, le redoutable honneur
D'avoir dans mon château, l'imprudente visite...

M. LAMBOURNE, *prend encore la parole.*

Tout beau, Tony Foster!... hé, n'allons pas si
[vite!...
Ne balbutions pas de mots entre les dents ;
Surtout ne traitons pas les amis d'imprudents.

FOSTER, *à part.*

Je l'ai vu quelque part, et sa voix m'est connue...
Maudits soient les suspects, au diable leur venue...

Reconnaissant Michel Lambourne.

C'est ce gueux de Michel...

M. LAMBOURNE, *entendant le dernier mot.*

Ah! ah! tu sais mon nom ;
Tu me reconnais?...

FOSTER, *un peu embarrassé.*

Moi... vous reconnaître?... Non.

M. LAMBOURNE.

Quoi!... tu veux méconnaître un ancien cama-
[rade?...
Celui qui t'a souvent payé la régalade ?...
Un de tes partisans, quand nous étions alors,
Des bandits reconnus, les premiers, les plus forts?..
Mais regarde-moi donc?... Je suis Michel Lam-
[bourne?...
Allons, ta main, Tony?... Quoi! ton œil se
[détourne ?...
Tu recules, Foster, et tu fais l'orgueilleux,
Parce que tu te vois maître de ces beaux lieux?...
On dit vrai : « La roture une fois parvenue,
« S'imagine avoir pris naissance dans la nue,
« Et regarde toujours, de toute sa hauteur,
« De son titre nouveau le véritable auteur,
« Oublie en peu de temps ses vieilles connais-
FOSTER, *courroucé.* [sances. »
Tu sais jouer, Michel?... calcule donc les chances,
Que m'offre la partie à tes raisonnements...
Sais-tu ce que je puis dans ces appartements?

Il ouvre la croisée et montre à Michel la distance qu'il y
a jusqu'à terre.

Tiens, regarde plutôt ?... la distance est honnête,
Et si je veux...

M. LAMBOURNE.

Oh! non, non. Tu n'es pas si bête ;
Tu sais aussi jouer, et me connais trop bien,
Pour user avec moi d'un semblable moyen.

FOSTER.

Hé pourquoi non, Michel, réponds, je t'en con-
M. LAMBOURNE. [vie?...
Parce que tu sais bien qu'il irait de ta vie.
Nous sommes deux ici, l'un de nous est armé...
Et quand je serais seul...

FOSTER, *prenant un air doux et tendant la main à
Michel.*

Comme quelqu'un qui semble reconnaître l'individu du-
quel il a besoin pour quelque entreprise sérieuse.

Très-bien! je suis charmé,
Que Michel, ait toujours conservé sa franchise.
Mais, dis-moi d'où tu viens?... Il faut que je te
[dise

Que, depuis fort long-temps, je te croyais pendu?..

M. LAMBOURNE.

L'idée est d'un bon goût et le mot bien rendu.
Pourtant dans nos pensers il règne sympathie :
Voici bientôt deux ans, j'étais en Italie,
Je pensais un beau jour aux amis, et je ris,
Passant en certains lieux où sont des piloris ;
J'y vis des malfaiteurs, l'un avait ta figure,
Ta taille et ton maintien. Moi, de suite j'augure,
De nouveau je le fixe, encor tout ébloui,
Étonné, stupéfait, tout bas je me dis : « Oui...
« C'est bien Tony Foster ? » Mais, après une pause,
Le pilori, me dis-je, est pour lui peu de chose ;
Si mon esprit ici ne se trouve en défaut,
Il doit avoir déjà passé sur l'échafaud.

Riant.

L'un et l'autre, tu vois, nous nous croyions en
[terre,
Et nous voilà, vivans, dans la noble Angleterre.

FOSTER, *lui retendant la main.*

Sans rancune, Michel! j'ai voulu t'éprouver.
Un franc et bon ami je viens de retrouver.
Ta rencontre, vois-tu, me ravit et m'enchante.

A demi-voix.

Mais quel est l'étranger...

M. LAMBOURNE.

Ici, je te présente
Un gentilhomme anglais, Mylord Tressilian ;
D'un heureux naturel et surtout très-vaillant.
Il honore les arts, il admire un grand maître
Dans ton genre et le mien. Apprends à le con-
[naître ;
Même à le regarder comme un de nos rivaux :
Il pourra quelque jour inspecter nos travaux ;
Mais il n'est pour l'instant qu'un faible néophyte ;
Cependant, dans nos goûts, je le vois prosélyte ;
Il deviendra très-fort ; mais cela veut du temps.

FOSTER.

Il faut, mon cher Michel, que, pour quelques in-
[stans,
Tu viennes avec moi, j'ai deux mots à t'apprendre ;
Comme toi seul ici, peux et dois les entendre,

S'adressant à Tressilian.

Mylord excusera... Nous allons revenir...
Attendez dans ces lieux. Veuillez n'en pas sortir ;
Car dans cette demeure il est une personne,
Qu'à soustraire aux regards un grand devoir m'or-
[donne.

Tressilian témoigne par une inclination de tête qu'il y
consent. Foster et Michel sortent par la porte à gauche
du spectateur.

~~~~~~

SCÈNE IV.

E. TRESSILIAN, *seul.*

Qu'il faut de patience avec de tels esprits,
Pour ne pas leur montrer ce qu'on sent de mépris!
Dieu! quelle compagnie infâme autant qu'étrange!

On est moins abaissé mendiant dans la fange!...
Et c'est vous, vous, Amy!... vous, qui m'avilissez!
Car à me ravaler, c'est vous qui me forcez :
C'est votre amour cruel, perfide que j'adore!...
Qui me fait pratiquer un chemin que j'abhorre!...
Encor, dans ce chemin, si je pouvais trouver
Ton lâche séducteur ; je pourrais l'éprouver :
Mon fer, que, dans son sein guiderait mon ou-
                    [trage,
Laverait mon affront s'y frayant un passage :
Mais non. Je cherche en vain, pour moi, tout est
                    [sans fruit;
Vainement le hasard dans ces lieux m'a conduit;
J'espérais y trouver quelques faibles indices;
Je m'y croyais entré sous de bonnes auspices ;
Tout est calme et se tait, le bruit seul de mes pas
Résonne dans ces lieux, et l'on ne l'entend pas.
Faudra-t-il, sans succès, continuer ma route?...
Non, non. Voyons plus loin, à quel prix qu'il m'en
                    [coûte!...
Une inconnue ici : l'on soustrait aux regards?...
Peut-être sa faiblesse a droit à mes égards :
Je dois de sir Foster enfreindre la défense,
Et dussé-je en périr... pour sauver l'innocence,
On brave le danger, on affronte la mort...
On pourra me blâmer, peut-être que j'ai tort...
Mais avant de quitter cette horrible demeure,
Il faut qu'une action m'honore ou que je meure !

Il réfléchit un instant, et se dispose à sortir par la porte à droite du spectateur, il entend du bruit, il s'arrête.

Qui peut me retenir?... On vient?...

La porte s'ouvre.

           Ciel! c'est Amy!...
Dieu! tu me rends la vie!...

Tressilian se couvre la tête de son manteau.

~~~~~~

SCÈNE V.

ED. TRESSILIAN, AMY.

AMY.

       Hé bien, mon bon ami!
Pourquoi donc, si long-temps, vous être fait at-
                 [tendre?...
Vous ne répondez pas?... Voulez-vous bien m'en-
                 [tendre?...
Comme en un bal masqué vous venez dans ce jour;
De haute trahison, au tribunal d'amour,
Vous êtes accusé... venez y comparaître...
Vos moyens de défense il faut faire connaître...
Innocent ou coupable, il faut, sans autre expert,
Que vous me répondiez visage découvert.
Voyons! Que direz-vous?...

Elle découvre le visage à Tressilian.

E. TRESSILIAN.

         Hélas! Amy, je tremble!...
AMY, *reconnaissant la voix de Tressilian, recule effrayée.*

O ciel! vous dans ces lieux!...

E. TRESSILIAN.

         C'est Dieu qui nous rassemble;
Amy, ne craignez rien?...

AMY.

        Que craindrais-je, mylord?
Maîtresse dans ces lieux, arbitre de mon sort?...
Mais sans être invité, vous, qu'y venez-vous faire?

E. TRESSILIAN.

Quand un vieillard commande il le faut satisfaire !
Malade, dans son lit, le bon sir Hugh Robsart,
Pour chercher son enfant, supplia mon départ.

AMY.

Quoi! mon père est malade?...

E. TRESSILIAN.

         Et d'un mal bien funeste ;
Le chagrin de ses jours abrége ce qui reste!...
Le hasard a tout fait. Je viens de vous trouver,
Si vous l'aimez encore, il me le faut prouver;
Venez, fuyons!...

AMY.

      Hé quoi! mylord, fuir ma demeure !
Un devoir tout divin, veut qu'ici je demeure.
Partez, éloignez-vous, fuyez de ma maison ?

E. TRESSILIAN.

Votre maison, grands dieux! une horrible prison!
Que garde nuit et jour l'homme le plus infâme !

Elle n'entend pas le vers suivant.

En exceptant celui qui règne sur votre âme !

AMY.

Je suis chez moi, mylord; si c'est mon bon plaisir,
De vivre retirée et sans aucun loisir;
Qui pourrait s'opposer?...

E. TRESSILIAN.

        Qui, malheureuse? un père !
Qui vous chérit toujours!... que vous aimez, j'es-
Dont votre perte accable et ruine la santé; [père;
Et que guide au tombeau votre témérité.
Tenez...

Il lui donne une lettre.

      Lisez plutôt ces lignes érudites?...
Sa main, tout en tremblant, les a pour vous écrites :
Tandis qu'il bénissait de son corps la douleur
Qui faisait oublier les angoisses du cœur!

AMY.

Il est donc bien malade ?

Elle rompt le cachet et parcourt la lettre des yeux vivement. Elle paraît agitée.

E. TRESSILIAN.

       Au point, que sa souffrance
Ne se peut terminer que par votre présence.
Dans son lit, il attend vos secours trop tardifs :
Il suffit d'un instant pour vos préparatifs ;
Vous le pouvez sauver, hâtez-vous, le temps presse!

AMY, *à part.*

O mon père! ô mon père, excuse ma faiblesse!
Ah! ne crains rien, de moi tu n'as pas à rougir!

Haut, à Tressilian.

De ces lieux, je ne puis, ni je ne dois sortir.

Noble Tressilian, retournez chez mon père ;
Dites-lui qu'à mes vœux tout s'est rendu prospère ;
Qu'avant demain midi, j'en ai le ferme espoir,
A Lidcott-Hall, mylord, j'espère le revoir.
Qu'il calme ce chagrin que ma fuite lui cause ;
Il saura me juger en entendant ma cause,
Car je suis... pardonnez, je ne puis hautement
Devant vous m'expliquer encor pour le moment,
Mais enfin, envers vous, coupable d'injustice,
Je dois dédommager le faible sacrifice,
Que votre cœur, du mien, a fait avec raison,
On peut dans les honneurs trouver sa guérison.
Aujourd'hui dans un rang, assez haut j'ose dire,
Je puis vous procurer, si vous daignez souscrire...

E. TRESSILIAN.

Est-ce à moi, que s'adresse un tel langage, Amy ?
Veillé-je bien, grands dieux ! suis-je point en-
[dormi ?.,
Quoi ! d'une ambition chimérique et frivole ;
Quand vous m'avez ôté le repos, la parole,
De l'âme, la douceur, le bonheur et la paix ;
Ciel ! de l'ambition, vous m'offrez les jouets ! ..
Mais soit, de vos gardiens redoutant les appro-
[ches,
Je ne veux point, Amy, vous faire de reproches.
Je viens pour vous servir, et dussé-je expirer,
D'une infâme prison, je vous veux délivrer ;
Vous ne le tairez pas, vous êtes prisonnière,
Mais si vous vous rendez à mon humble prière,
Si votre cœur naïf et bon comme autrefois,
De la nature encor peut entendre la voix ;
Suivez mes pas, fuyons cette horrible demeure !
Dans les bras d'un bon père, au moins avant qu'il
[meure,
Venez sans plus tarder, il en est temps encor ;
Pour vous conduire à lui, je suis votre mentor,
Venez , qu'il vous prodigue encore sa tendresse,
Que sa main paternelle encore vous caresse ;
Venez, ne craignez rien ; qui vous peut retenir ?
Serait-ce du passé le triste souvenir ?...
Une larme de vous, un mot de votre bouche,
Votre aimable présence au chevet de sa couche ;
Et tout est pardonné.

AMY.

Ne vous ai-je pas dit,
Que j'y serai, mylord, demain avant midi ?
Pour porter à sir Hugh, cette heureuse nouvelle,
Ma prière, faut-il que je vous renouvelle ?
Je vous ai dit aussi qu'un devoir tout divin,
Veut qu'ici je demeure et suive mon destin ;
Mais je prends à témoin, le jour qui nous éclaire,
Et Dieu qui nous entend, que j'irai voir mon
Dès ce jour, si j'obtiens une permission. [père,

E. TRESSILIAN.

La permission, ciel ! d'une bonne action !..
Comment, pour aller voir, au lit de mort peut-
[être,
Votre malheureux père, il faut l'ordre d'un traître !
Quoi ! vous ne bravez point un si lâche pouvoir ?
La mort d'un père, hélas ! ne peut vous émouvoir !
Je le vois sur son lit, expirant, qui vous crie :
« Amy ! cruelle Amy ! fille toujours chérie !..

» Tu m'as creusé ma tombe, et j'y suis près d'en-
[trer.
» Viens, qu'au moins sur mon cœur, je te puisse
[serrer.
» Ne crains rien du courroux que ta fuite me donne ;
» Un père est toujours père, et mourant il par-
[donne.
» La faute est moins à toi, qu'à ton vil séducteur.
» D'une fausse amitié, sous le masque trompeur,
» De l'hospitalité, sans respect pour mon âge,
» Il viole les droits, ce qui triple l'outrage,
» Te montre le chemin des grands égaremens,
» Et te dérobe encore à mes embrassemens.
» Mais je t'excuse tout. Viens, fuis ce misérable !.,
» Viens ranimer mon cœur, que cet affront ac-
» Fuis ce lâche !.., [cable ;

AMY.

...Arrêtez, et craignez mon souci ?...
Ceux que vous insultez portent épée aussi ?...
Homme vain, homme obscur !... dont encor notre
[histoire
Ne nous peut signaler une action notoire,
Connais-tu bien celui que ta témérité
Accuse impudemment d'insigne lâcheté ?...
Il plane dans le rang le plus haut de la sphère !..,
Mais j'en ai dit assez. Retourné vers mon père ;
Porte-lui mon message, et pour une autre fois
Dis-lui qu'en messager il fasse un meilleur choix ;
Qu'il ne m'envoie enfin qui m'est désagréable.

E. TRESSILIAN.

A ma prière, Amy, restez inexorable ;
Du sang qui vous forma méprisez le pouvoir,
Vos reproches amers n'ont rien pour m'émouvoir ;
Je dois au bon Robsart porter une parole ;
Si je ne le guéris, qu'au moins je le console ;
Répondez-moi ; Celui dont vous vantez le rang,
Joint-il à sa grandeur la dignité du sang ?...
A-t-il de votre époux priviléges et titre,
Pour être de vos pas le despotique arbitre ?...

AMY.

C'en est trop : sur ce point vous blessez mon
[honneur !...
Je ne veux, ni ne dois vous répondre, seigneur.

E. TRESSILIAN.

Refuser de répondre, ah ! c'est assez m'en dire !
Mais à votre bonheur, oui, malgré vous j'aspire !
Pour servir l'infortune et la témérité,
De votre père ici je prends l'autorité !
D'un indigne esclavage et d'une honte extrême,
Je vous veux délivrer en dépit de vous-même.

Il s'avance près d'Amy, elle recule un peu.

Vous remettre au chemin d'un vertueux devoir.
Au nom d'un malheureux réduit au désespoir,
Je vous ordonne, Amy, de me suivre sur l'heure ?
Partons...

Il va pour saisir Amy par le bras, elle recule effrayée.

AMY, *avec force.*

...Non, Fuyez-moi !... fuyez de ma demeure !
De violence ainsi me venir menacer ?..

SCENE VI.

LES MÊMES, FOSTER, Mel LAMBOURNE,
armé d'un large sabre.

FOSTER, *courroucé.*   [ser?...

Quel cri!... Que vient-il donc enfin de se pas-
                                                [dame,
Par quel coup du hasard vous trouvez-vous, ma-
Dans des lieux défendus?... où l'on ne vous ré-
Il y va de la vie ainsi que de la mort. [clame?...
Retirez-vous, mistriss, et vous, sortez, mylord...
Avant que mon poignard ne fasse connaissance
Avec ce justaucorps...

         Il montre le justaucorps de Tressilian.

M. LAMBOURNE.

         ...Non, non, malgré l'offense,
Devant mes yeux, Foster, tu ne lui feras rien,
Je l'ai conduit ici, je serai son soutien.

         A Tressilian à demi-voix.

Décampez sur-le-champ, seigneur de Cornouailles,
Ou je le laisse user de justes représailles...

E. TRESSILIAN.

Silence, homme trop vil?...

M. LAMBOURNE.

                  Sortez, ou de par Dieu!...
Votre mort...

         E. TRESSILIAN.

         Je la brave!...

                  A Amy.

                  Adieu! madame, adieu!...
Je crains qu'au bon sir Hugh, un coup aussi fu-
                                                [neste,
De ses jours malheureux ne dissipe le reste!...
La foudre est moins terrible en nous donnant la
                                                [mort!...
O fâcheuse nouvelle! ô déplorable sort!...
O toi, que je chéris! divine Providence!...

         Montrant Amy.

Viens, viens, à son secours; je pars!...

         Il sort par le fond.

AMY, *à Tressilian.*

                  Point d'imprudence!...
Et contre moi, mylord, ne calomniez pas...

SCENE VII.

LES MÊMES, *excepté* E. TRESSILIAN.

FOSTER *à Amy.*

Dans votre appartement veuillez porter vos pas...
Il faut que nous pensions à ce que l'on doit faire.
Nous voici, grâce à vous, dans une belle affaire.

Allons, retirez-vous ... laissez-nous réfléchir?...

AMY.

A vos ordres, Foster, dois-je donc obéir?...
Êtes-vous maître ici?... Suis-je subordonnée?...
Le comte Leicester, par les nœuds d'hyménée,
Avec Amy Robsart, n'est-il donc pas uni?...

FOSTER.

Mylady, je le sais; mais je serais puni,
Si le comte arrivait, et que dans ce lieu même,
Il vous trouvât enfin, dans ce désordre extrême.
Je l'exige, rentrez dans votre appartement?...
Toi, Lambourne, poursuis ce drôle promptement;
Et le sabre à la main, fais-le...

M. LAMBOURNE.

                  Va, sois tranquille,
Je te le vais soudain faire fuir cet asile;
Sans cependant sur lui lever la main, Foster:
Je le veux bien chasser; mais sans user du fer;
Ce serait, cher Tony, contre ma conscience.
Je dois, dans ce cas-là, me faire violence.

         Il sort par la porte du fond.

SCENE VIII.

AMY, FOSTER.

*Foster fait un signe à Amy, qui semble lui manifester le
mécontentement qu'il éprouve à l'égard de l'obstination
qu'elle met à se retirer. Amy lui donne un regard de
mépris et se dispose à quitter la place.*

AMY.

Je vais rentrer, barbare! et sinon par devoir,
Pour épargner du moins à mes yeux de te voir!...

*On entend un coup de sifflet en dehors, Amy revient sur
         ses pas.*

FOSTER.

C'est le signal du comte?... Eh que vais-je lui
                                                [dire?...
Ah! coquin de Michel, puis-je trop te maudire!...   .

AMY.

Paix, monsieur! hâtez-vous d'ouvrir à mon cher
                                                [lord!...
Mon époux!... votre maître et celui de mon sort!..

*Elle court avec empressement vers la porte, et revient
aussitôt, en disant d'un ton qui exprime le regret d'être
trompée dans son espoir.*

Ah! ce n'est que Varney!...

SCENE IX.

LES MÊMES, R. VARNEY.

R. VARNEY, *saluant respectueusement.*

                  Rien que Varney, madame!...
Je ne suis pas celui que votre cœur réclame;
Nonobstant avec joie on peut voir mon retour;
Tel un nuage d'or, au lever d'un beau jour,

Annonce au voyageur, le Dieu de la lumière;
J'annonce votre époux, à quelques pas derrière...

AMY.

Quoi, mylord, aujourd'hui, viendra donc en ces

R. VARNEY. [lieux?

Il peut à chaque instant se montrer à vos yeux.

AMY.

Ho! je vous quitte alors, je vais à ma toilette,

Elle court vivement à la porte à gauche du spectateur.

Dans mon appartement, viens, ma bonne Jean-
[nette!...

A Varney.

Mylord, a-t-il donné quelques ordres pour moi?...

R. VARNEY.

Ce paquet, qui contient un gage de sa foi.

Il présente à Amy un petit paquet fermé par un fil de soie.
Amy cherche avec vivacité à en dénouer le nœud; ne
pouvant y réussir, elle crie vivement.

〰〰〰〰〰〰〰〰〰〰〰〰〰〰〰〰〰

SCENE X.

LES MÊMES, JEANNETTE.

AMY.

Jeannette! des ciseaux, un couteau, vite, vite;
Que je coupe ce nœud...

Jeannette accourt près d'elle, aperçoit le petit paquet.

JEANNETTE.

Le désir vous excite;
Cependant, si je puis sans le couper...

Elle se met à le dénouer.

AMY.

Erreur,
C'est trop long-temps souffrir l'obstacle à mon
Coupe?... [bonheur!...

R. VARNEY, à Amy.

Oserai-je offrir mon poignard à madame?...

Il lui présente un petit poignard qu'il porte à sa ceinture.

AMY, avec dédain.

Non, mylord, non, jamais!... rengaînez votre
[lame;

Elle ne peut couper le nœud de mon amour!...

FOSTER, à part, regardant Varney.

Elle en a cependant coupé plus d'un.

Jeannette réussit à dénouer le nœud; Amy ouvre le paquet précipitamment, trouve un collier de perles, elle le
remet à Jeannette pour lire un billet qui l'accompagne.

JEANNETTE, regardant le collier avec admiration.

La cour
N'a rien vu de si beau! Je suis sûr que la reine,
Un jour, en le voyant, vous l'avouera sans peine.
Mais regardez aussi la belle inscription!...
Elle est simple, galante et sans prétention :
« Pour parer ce qui doit, en suivant la nature,
» Être au-dessus de tout et de toute parure!... »
Chaque perle est d'un prix qui, bien certainement,
Vaut un domaine au moins.

AMY.

Il est vrai, mon enfant;
Mais de ce doux billet, chaque mot, ma Jeannette,

Vaut plus que le collier!... Mais viens à ma toi-
[lette,
Il faut me faire belle, au-dessus de l'espoir
Dont mon cher Leicester, qui vient ici ce soir,
Pourrait nourrir son cœur... aussi bien il m'en-
[gage,
A faire bon accueil au porteur du message;
Comme tous ses désirs sont une loi pour moi,
Je m'y conformerai plus qu'à celle d'un roi.
Ainsi, monsieur Varney, par lui je vous invite,
A dîner avec nous. Vous, Foster, allez vite
Faites tout préparer pour la collation.
Nous devons à mylord, bonne réception.
Je vous invite aussi. Veillez à la cuisine,
Et faites-nous servir dans la chambre voisine.

Elle sort à droite du spectateur, Jeannette la suit.

〰〰〰〰〰〰〰〰〰〰〰〰〰〰〰〰〰〰〰〰〰〰

SCENE XI.

R. VARNEY, FOSTER.

R. VARNEY.

Elle le prend déjà sur un ton par trop grand :
De mylord, on dirait qu'elle jouit du rang :
A titre de faveur admettre en sa présence;
Elle a raison, on doit répéter à l'avance
Le rôle qu'à jouer nous destine le sort;
Il faut bien que l'aiglon, alors qu'il prend l'essor,
Ait appris à fixer le soleil, qu'il redoute;
Pour vers lui s'élever il faut savoir la route.

FOSTER.

Et sans peine, je crois, elle aura vite appris.
O ciel, elle me parle avec un tel mépris!...
Qu'avant peu, je le crains, ne baissant plus la
[tête,
Il faudra, moi Foster, ramper, baisser la crête.

R. VARNEY.

C'est ta faute, homme brut et sans invention :
Tu ne vois de moyens pour la répression,
Que dans les mots grossiers, dans la force brutale;
Ta voix la fait trembler et lui devient fatale!...
Ne peux-tu lui donner quelques amusements?...
Il me semble qu'on peut, dans ces appartements,
Pour tâcher de lui plaire, employer la musique?..
Quelques contes d'esprit, un peu de politique?...
Avec de tels secours, loin de vouloir partir;
Elle aimera ces lieux, n'en voudra plus sortir.
Tu sais qu'aux murs du parc le cimetière touche;
Évoque un revenant pour lui clore la bouche?...

FOSTER.

Ah! cessez ce discours; sans craindre les vivans,
Je ne plaisante point avec les revenans.

R. VARNEY.

Fou, superstitieux! Tais-toi?... Mais, dis-moi vite,
Pourquoi dans mon absence on t'a rendu visite...
Que faisait dans le parc Tressilian, dis-moi?...
Car je l'ai rencontré...

Il montre à Foster une légère blessure au bras droit.

FOSTER , *embarrassé.*

Tressilian... ma foi...
Je ne connais ce nom... ni ne veux le connaître...

R. VARNEY.

Prends-y garde, Foster, songe au souverain Maî-
Si tu mens?...   [tre?...

FOSTER.

Moi, jamais...

R. VARNEY.

Alors, par quel hasard ,
Ai-je donc rencontré l'ami du vieux Robsart?...
Autour de ce château, dis dans quel but il

FOSTER , *embarrassé.* [tourne?...

C'est... sans doute... l'ami du grand Michel Lam-
R. VARNEY.   [bourne.

Quel est donc ce Michel , noble Tony, réponds?
Ta porte est-elle ouverte à tous les vagabonds ?
Fais-tu voir à dessein , redoutant l'anathème ,
Ce qu'il faut dérober au soleil , au jour même ?

FOSTER.

Voilà comme toujours vous remercie un grand
Des services qu'enfin chaque jour on lui rend :
Ne m'aviez-vous pas dit de vous chercher un drôle,
Capable de jouer au besoin un grand rôle ;
Et dont la conscience , éprouvée en tout point ,
Dans le plus grand danger, ne se démentit point?
Hé bien ! je l'ai trouvé dans une connaissance :
Mais pour mon zèle ardent, quelle reconnaissance !
Vous me payez très-bien en reproches honteux !

R. VARNEY.

Mais comment se fait-il que le religieux,
Le doux Tressilian, soit venu? Vrai, j'en tremble;
Je crains ?...

FOSTER.

Que craignez-vous? ils sont venus
[ensemble ;
Voilà tout. Cependant, je ne veux pas mentir;
Mon âme à ce défaut ne pourrait consentir;
Mylord Tressilian , puisque tel on le nomme ,
A vu notre comtesse...

R. VARNEY.

O trop misérable homme!
Ma crainte, la voilà : tu nous perds tous les deux;
Vers Lidcott-Hall , souvent elle a tourné les yeux ;
Elle en parle toujours ; elle veut voir son père ;
Et s'il l'a décidée...

FOSTER.

A quoi?... Jamais vipère,
A ceux qu'elle a piqués n'a fait jeter un cri
Plus fort, plus violent, plus perçant, plus aigri !
Qu'en le reconnaissant ne l'a fait la comtesse!

R. VARNEY.

Je sens renaître en moi les transports de l'ivresse!
Mais dis-moi, par la fille on pourrait bien savoir,
En la questionnant au nom de ton pouvoir,
Ce qu'ils ont convenu?

FOSTER.

Monsieur Varney, ma fille,
Je vous l'ai dit souvent, est toute ma famille;
Et je ne veux qu'elle entre en rien dans nos projets.
Son sexe compte assez de ces mauvais sujets,
Qui de tous leurs défauts accusent la nature.
Mon enfant , sir Richard, possède une âme pure :
Pour votre bon plaisir je ne veux pas, mylord ,
Lui corrompre ses mœurs , l'abandonner au sort :
Pour moi, comme toujours, bien armé de prudence,
Et de discrétion , je suis sans défiance ;
Disposez de mon temps , je vous veux bien servir ;
De mes fautes, je sais comment me repentir :
Mais pour elle, oh !

R. VARNEY.

Crois-tu, trop stupide automate,
Que je ne sente pas combien est délicate,
L'affaire qui nous lie , et que tous nos secrets
Ne peuvent être sus, même des gens discrets,
Pour penser que je veuille admettre en ce mystère,
Ton frêle rejeton ? Mais laissons cette affaire :
Je t'avais ordonné, pour recevoir mylord ,
De faire préparer , et nous étions d'accord,
Un riche appartement : est-il prêt ?

FOSTER.

Oui, sans doute,
Et notre jeune dame en sait déjà la route;
Elle en est enchantée et s'y donne des airs,
Qui semblent m'annoncer quelque triste revers!
Elle me hait beaucoup, vous, je crois, plus encore :
Comme le condamné presque toujours adore
Son juge et son geôlier, elle nous aime enfin.

R. VARNEY.

Avec le temps, Tony, j'y saurai mettre fin.

On entend frapper en bas.

Mais on frappe, écoutons? qui donc ce peut-il être?
Assure-t-en Foster, regarde à la fenêtre?

FOSTER, *après avoir regardé.*

C'est Lambourne, celui dont je vous ai parlé...

R. VARNEY.

Dans mon appartement conduis-moi ce zélé ,
Ce vaillant serviteur , cette bonne cervelle.
Je vais vous joindre afin de savoir la nouvelle.
Si lord Tressilian , n'a point quitté ces lieux.
Mylord ne peut tarder, ne soit pas oublieux?
Dès le premier signal, ne te fais pas attendre.

Foster sort par la porte à gauche du spectateur, en faisant
le signe affirmatif.

SCÈNE XII.

R. VARNEY.

Elle ne m'aime pas ! et je n'y dois prétendre !
Plût au ciel !... aussi bien, insensé que je suis,
Que je ne l'eusse aimée !... Ainsi que je le suis !...
Fuis-moi, cruel amour !... alors que la prudence,

M'ordonnait, me forçait de garder le silence,
Malheureux! pourquoi donc lui parlai-je pour moi?
Fatal moment d'oubli, tu me mets sous sa loi!...
J'éprouve en la voyant, crainte, haine et tendresse!
Et je ne sais vraiment, dédaigneuse comtesse!
Si mon plaisir serait, ou de te posséder,
Si j'en avais le choix, ou de te poignarder.
Je vais mettre à profit ma rude intelligence,
Pour savoir si je puis, d'une douce vengeance,

Pour tes mépris, pour moi, goûter le vrai plaisir.

On entend un coup de sifflet.

Déjà le comte! allons, rentre donc mon désir!
Rentre, l'occasion n'est assez favorable!
Que mon front soit serein, mon cœur impénétrable!
Mon intérêt le veut. Et pour quelques momens
Rejoignons ces époux, ces fortunés amans!

Il sort à gauche du spectateur.

Deuxième Tableau.

Le théâtre représente une salle richement décorée et meublée avec splendeur, illuminée de toutes parts. Les croisées garnies de rideaux de soie et de velours avec des franges d'or. Un tapis qui tient toute la salle. A gauche du spectateur, une bergère en velours surmontée d'un dais portant dans le haut les armes du comte et deux couronnes. Des tableaux, des instrumens de musique et des métiers à broder. Grande porte dans le fond, une croisée de chaque côté de la porte, une plus petite porte à droite du spectateur.

SCÈNE PREMIÈRE.

LEICESTER, AMY, JEANNETTE.

Au lever du rideau, Leicester est assis sur la bergère, Amy est assise sur un petit tabouret garni de velours beaucoup plus bas que la bergère; elle est appuyée sur les genoux du Comte; ils achèvent de se donner un baiser. A droite du spectateur, Jeannette occupée à broder. On emporte les restes d'une collation. Tout le monde est en grande toilette.

AMY.
Que de remercîments je dois à ta tendresse...
Mon noble Leicester!
LEICESTER, lui donnant un baiser.
Mon aimable comtesse!
C'est peu pour ton mérite. Ah! crois que ton époux,
De te complaire, Amy, sera toujours jaloux!...
Tu fatigues ainsi, lève-toi je t'en prie?
Près de moi viens t'asseoir, ma vertueuse amie!
AMY.
Oh! non, non, à tes pieds! laisse-moi le bonheur,
De t'adorer ainsi, d'admirer ta splendeur!
Que ton costume est riche! Ah! quelle est cette
Que signifie ami, cette bande brodée,   [idée!
Placée à ton genou? pourquoi qu'une, dis-moi?
LEICESTER, souriant.
Cette bande brodée est l'ornement du roi,
Des princes de sa cour, des grands de l'Angleterre!
On est fier de cet ordre! Il a nom, Jarretière:
Vous voyez cette étoile? Elle lui appartient,
Ce diamant aussi, qui dessous la soutient,
Vous connaissez d'Édouard cette fameuse histoire
Avec Salisbury?
AMY, comme quelqu'un qui se ressouvient de la
    chose dont on parle.
C'est juste; ma mémoire...

C'était une comtesse, à laquelle, je crois,
On doit ce noble emblème?
LEICESTER.
Oui, tout autant qu'au
                    [roi,
J'eus le bonheur, Amy, d'être admis à cet ordre,
Voici bientôt huit ans; après le grand désordre,
Qui me priva d'amis, de parens!
AMY.
Mon cher lord!
Oubliez le passé? Pourquoi toujours...
LEICESTER.
J'ai tort,
Je le sais; devant toi...
AMY.
Ce souvenir vous tue;
Et vous vois-je chagrin, je suis triste, abattue:
Croyez-moi, mon ami, laissons un tel discours.
Mon ignorance en tout nous offre son secours:
Comment appelez-vous cette espèce de chaîne,
Ressemblant un collier à la forme romaine?
Et ce petit bijou, qui semble être un mouton!
LEICESTER.
C'est un ordre espagnol.
AMY.
Comment le nomme-t-on?
LEICESTER.
C'est de la Toison d'or que partout on le nomme.
Le roi d'Espagne, Amy, ne condamne pas l'homme
Décoré de cet ordre, au moindre châtiment,
Sans le concours ainsi que le consentement,
Du chapitre de l'ordre...
AMY, lui montrant un deuxième collier.
Et celui-ci?
LEICESTER.
Cet autre.

De tous c'est le moins riche, il nous vient d'un
[apôtre,
De saint André d'Écosse ; hé bien! tous vos désirs,
Sont-ils bien satisfaits ? Vous poussez des soupirs?
Vous gardez le silence ?

Ils se lèvent tous les deux.

AMY.

Ami, suivant l'usage,
Un désir satisfait, même chez le plus sage,
En fait naître toujours un autre non moins grand;
Je désirais vous voir, mis selon votre rang,
Dans ma retraite obscure, et maintenant, cher
[comte,
Dans un de ces palais, desquels doit fuir la honte,
Eu simples vêtemens et semblable à ce jour,
Où vous eûtes mon cœur, ainsi que mon amour,
Je brûle de vous voir

LEICESTER.

Je puis te satisfaire,
Demain.

AMY.

Voudrez-vous ?

LEICESTER.

Quoi ?

AMY.

Je crains de vous déplaire!

LEICESTER.

Craindre de me déplaire, ah ! c'est bien mal à vous!
L'épouse ne doit pas redouter son époux ;
Parlez.

AMY.

Vous le voulez? Donc je romps le silence.
Hé bien ! vous dépouillant de la magnificence ;

Avec hésitation.

Dans... l'un de vos châteaux, je désire vous voir
Mis sans aucun éclat.

LEICESTER, *observant l'appartement.*

Je n'aurais pu prévoir,
Que ces lieux, décorés avec assez d'ensemble...

Observant de nouveau.

Il est vrai, qu'on eut pù mieux faire, ce me semble.
Si quelques changemens peuvent vous plaire...

AMY.

Oh ! non.

Tout surpasse en ces lieux l'imagination ;
Tout se trouve au-dessus de mon faible mérite :
Mais, cher lord, un désir me tourmente, m'agite ;
Je voudrais, n'allez pas accuser mon orgueil,
De mon époux enfin, suivre le même écueil ;
Jouir de son éclat, jouir du nom qu'il porte;
Ah! ne refuse pas, c'est Amy qui t'exhorte!...
A la cour, Leicester, où brille ta splendeur,
Ne puis-je donc aller jouir de ta grandeur?
Prendre mon rang parmi la plus haute noblesse?
T'y nommer mon époux, sans que ce nom te
[blesse?
Oh ! quel bonheur pour moi! quelle félicité!
De me voir dans des lieux pleins de ta majesté!

LEICESTER.

Un jour, ma tend e amie! un jour viendra, j'es-
[père,

Le destin qui me suit, devenant moins sévère,
Me permettra sans crainte et sans trembler pour
[vous,
De me dire à leurs yeux votre ami, votre époux!
Accomplir vos souhaits est ma plus grande envie!
J'y voudrais consacrer et mes jours et ma vie!
De vous faire connaître, oui, je fais le serment !
Mais ne nous pressons pas, attendons le moment.

AMY.

Attendre Leicester ! Eh ! pourquoi pas de suite ?
A mourir dans ces lieux serai-je donc réduite ?
Cette union parfaite, et que prescrit la loi
Des hommes et de Dieu, n'est-elle rien pour toi!
Je connais ton crédit ; je connais ta puissance;
Si tu m'aimes ! pourquoi m'ôter la jouissance
De pouvoir me flatter de ton nom, de ton rang ?
Je t'égale d'amour, si je ne puis, de sang ;
Tu peux, cher Leicester, tu peux me satisfaire ;
Personne ne pourrait t'empêcher de le faire.

LEICESTER, *prenant un air grave.*

Comprenez-vous, Amy, ce que c'est que la cour ?
Non, non, connaissez donc ce terrible séjour :
C'est un mont sourcilleux, c'est un rocher aride,
Dont le terrain pour nous n'est pas souvent solide:
Semblable au voyageur, qui gravit en tremblant,
Une montagne en sable et mouvant et brûlant,
On marche dans ce lieu; sans oser prendre ha-
[leine,
Avant d'être au sommet. Comprenez-vous la
[peine ?
Une pause ne peut s'effectuer plus tôt;
Si l'on veut s'arrêter, l'on se perd aussitôt;
On se voit entraîné dans l'ornière ennemie,
Et l'on devient l'objet de la plaisanterie.
Le point où tu me vois te paraît élevé?
Mais au plus haut sommet je ne suis arrivé :
Me déclarer époux, si je ne me fascine,
Ce serait travailler à ma prompte ruine ;
Je veux atteindre un but, un lieu de sûreté ;
Je l'atteindrai, crois-moi, compte sur ma fierté.
Attends l'arrêt du sort. Par un désir funeste,
Surtout, ne détruis pas le bonheur qui nous reste !
Au gré de tous tes vœux, Amy, dis-moi plutôt,
Si tout se passe ici?...

SCENE II.

LES MÊMES, R. VARNEY.

R. VARNEY, *dans la coulisse.*

Je te rejoins bientôt,
Prépare nos coursiers et prépare-les vite !

*Il entre par la porte à droite du spectateur ; il salue res-
pectueusement , s'approche du Comte et lui remet une
lettre. Amy s'approche de Jeannette ; elles causent bas
ensemble.*

LEICESTER, *après avoir lu, dit à Varney, à demi-
voix.*

A me rendre au conseil Élisabeth m'invite :
Comment a-t-elle su que j'étais dans ces lieux ?

R. VARNEY.

Elle ignore, mylord.

LEICESTER.

Elle ignore, ah ! tant mieux !
Cependant...

R. VARNEY.

Un courrier, envoyé sous silence,
De William, mylord, vous montre la prudence,
Vous voyez que la lettre est en date d'hier ?...
Et l'invitation est pour demain.

LEICESTER, *appelant.*

Foster !...

R. VARNEY.

Dans ce moment, mylord, il prépare au plus vite,
Nos coursiers...

LEICESTER, *à demi-voix.*

Aurons-nous heureuse réussite ?...
Penses-tu que Sussex...

R. VARNEY.

Je le crois en faveur.

LEICESTER.

Tu penses que la reine...

R. VARNEY.

Admire sa valeur.

LEICESTER.

Alors, partons, Varney, sans perdre une minute ;
Peut-être l'un de nous est proche de sa chute.

Il s'approche d'Amy et lui donne un baiser.

Un ordre assez pressé m'oblige de partir ;
Il m'ôte le bonheur que tu me fais sentir !...
Mais crois bien qu'en tous lieux toi seule as mes
[pensées !
Apaise ton chagrin, tes douleurs insensées !...
Adieu ! pourquoi pleurer ?... Adieu, mon tendre
[amour !...

Leicester et Varney sortent par le fond.

AMY, *le regarde partir.*

Adieu, cher Leicester ! Va jouir à la cour !...
Je vais pleurer ici, sur mon destin sévère ;
Sur mes mortels ennuis, sur le sort de mon père !

Elle se jette sur la bergère, Jeannette vient près d'elle, et semble vouloir la consoler. — La toile tombe.

ACTE DEUXIEME.

Le théâtre représente une cour du château de Greenvich, devant la salle du conseil, grande porte dans le fond y entrant.
Deux portes latérales.

SCENE PREMIERE.

BLOUNT, WALTER RALEIGH, TRACY, E. TRESSILIAN.

BLOUNT.

Tais-toi, Walter, tais-toi ; ce n'est pas le moment
De rire et plaisanter.

W. RALEIGH.

Tu m'étonnes vraiment :
Quelle raison, dis-moi, m'oblige de me taire ?

BLOUNT.

L'insulte que lundi tu fis à l'Angleterre,
En refusant l'entrée à son plus grand docteur ;
Au célèbre Masters.

W. RALEIGH, *riant.*

A ce vieux radoteur ?...
Si ce n'est que cela, ne t'en mets en peine.

TRACY.

Mais il était, Walter, envoyé par la reine ?...

W. RALEIGH.

Eh ! qu'importe après tout : la faute est-elle à moi ?
Vous vous lamentez tous, hé ! dites-moi pourquoi ?
Ce fameux charlatan, cet homme de génie,
Qui du comte Sussex, nous prolonge la vie,
Enfin, monsieur Wayland, médecin prétendu,

Tressilian le sait, nous l'avait défendu.

E. TRESSILIAN. [tères

Walter dit vrai, mylords. Wayland dans ses mys-
N'admet ni médecins, ni témoins, ni compères.

W. RALEIGH, *à Tressilian.*

On ne peut le nier, c'est un homme érudit :
Tous les effets du baume il les avait prédit ;
Et le comte Sussex, ton cousin, notre maître,
Qui devant notre Dieu, pensait bientôt paraître,
Va se voir, grâce aux soins de ce rare talent,
Au conseil aujourd'hui comme un jeune galant.

BLOUNT.

Hé ! qui peut t'assurer qu'à ce conseil, la reine,
Ne lui va point montrer la froideur et la haine ?...
Tu parles en enfant ; tu sais bien comme nous,
Que le comte Sussex eut toujours des jaloux ?..
Leicester, n'est-il pas un rival redoutable ?...

W. RALEIGH. [table !..

On ne doit craindre rien quand on est respec-
De l'Angleterre, Blount, notre maître est l'hon-
[neur !...
Tu sais qu'en cent combats il fut son défenseur ?
Voilà de bons garans qui défendront sa cause.

BLOUNT. [chose ;

Mais aussi bien que toi, nous comprenons la

Seulement, jeune fou, sache donc qu'à la cour,
La plus petite offense est placée au grand jour ;
Qu'on la remarque plus que le plus grand ser-
                    W. RALEIGH.   [vice?..
Tu veux donc à la cour me montrer l'injustice ?...
                    BLOUNT.
Tu ne me conçois pas ?...
                    W. RALEIGH.
                    ...Je te conçois très-bien ;
Tu m'en veux parler mal, mais moi je n'en crois
                    E. TRESSILIAN.   [rien.
Pourquoi vous échauffer ? répondez, je vous prie ?...
                    W. RALEIGH.
Mais, c'est lui, tu le vois, ce n'est pas moi qui
                    TRACY, à Blount.   [crie
Mylord, la faute est faite, et le malheur sera,
Que peut-être sur nous elle retombera :   [mes,
Mais cependant cessez, dans les lieux où nous som-
Un discours qui pourrait perdre des gentilshom-
                    W. RALEIGH.   [mes.
Hé bien ! non, cher Tracy ! je ne pourrais souf-
Que ma témérité vous perde, il faut agir.   [frir
De ma faute, qu'on met au nombre des offenses,
Je veux subir enfin toutes les conséquences ;
Je me charge de tout ; laissez-m'en l'embarras.
Je sais comment on peut sortir d'un mauvais pas.
L'affaire, je le vois, vous paraît difficile ;
Je suis et jeune et fou, mon esprit est stérile ;
Et cependant ma tête, en ce moment, cher lord,
Trouve mille moyens à défier le sort.
La reine peut venir. Mais gardons le silence ;
Voici, dans ce moment, sa garde qui s'avance.

~~~~~~

SCENE II.

**Les Mêmes, LA REINE, LA DUCHESSE DE
RUTLAND, LE COMTE DE LEICESTER,
LE COMTE DE SUSSEX, R. VARNEY,
BOWIER**, *suite de la Reine, suite des deux
Comtes.*

La garde de la Reine arrive par la porte à droite du spectateur. Elle se place des deux côtés de la porte du fond.
La Reine arrive par la même porte, accompagnée de
la duchesse de Rutland, et suivie de plusieurs dames
de sa cour et de ses ministres ; Walter Raleigh vient
se placer entre les gardes, tout près de la porte du
conseil. La pluie qui est supposée avoir tombé la nuit,
a formé une petite mare d'eau et de boue au bas des
marches de la porte précitée ; la Reine hésite pour y
mettre le pied ; Walter Raleigh détache soudain son
manteau, et le jette sur la mare, afin qu'elle passe
à pied sec ; il accompagne ce trait d'un salut respectueux ; la Reine lève les yeux, lui fait un signe de
tête en souriant, et entre au conseil ; les dames de la
cour la suivent ainsi que les ministres et deux officiers
de sa garde. Lorsque la Reine est entrée, Walter Raleigh relève son manteau et le met sur son bras. Le
comte de Sussex arrive en même temps que la Reine,
par la porte à gauche du spectateur ; sa garde se place
de chaque côté de cette porte. L'un des deux officiers
qui sont entrés avec la Reine, vient parler bas à
Walter Raleigh, puis retourne au conseil, après avoir

parlé bas aussi à Bowier, et lui avoir remis une liste.
Le comte de Leicester arrive par la porte à droite
du spectateur, accompagné de Varney ; sa garde se place
chaque côté de cette porte. Les deux comtes sont placés
chacun devant sa garde, attendant l'ordre d'entrée.
Walter, Raleigh, Tressillian, Blount et Tracy se sont
approchés du comte de Sussex. Les deux battans de l'é-
norme porte du conseil, s'ouvrent et laissent voir la Reine
assise sur son trône, ses dames d'honneur et ses ministres placés à côté d'elle, des fauteuils à droite et à
gauche.

BOWIER, *s'adressant aux deux Comtes.*
Pour ouvrir la séance, on vous attend, mylords ;
La reine vous invite...

                    SUSSEX.
                    Il faut se rendre, alors...

Les deux Comtes se donnent un salut respectueux ; Leicester
cède le pas à Sussex, dont l'âge est plus avancé. Tressillian, Blount, Tracy et Raleigh suivent Sussex, Bowier
les arrête.

                    BOWIER.
Arrêtez, messeigneurs, vous n'avez pas l'entrée.
                    Tous se retirent.
À Walter.
Quant à vous, jeune lord, elle vous est livrée :
La reine, sur ma liste, a placé votre nom.
Raleigh entre au conseil, ils se regardent tous et restent
stupéfaits.
                    BLOUNT.
Conçois-tu quelque chose à cela, Tracy ?...
                    TRACY.
                                        Non.

Tressillian, Blount et Tracy parlent bas ensemble. Leices-
ter fait signe à Varney de le suivre au conseil ; Bowier
l'arrête.
                    BOWIER.
Arrêtez, sir Richard, êtes-vous sur ma liste ?...
Il regarde vivement sur sa liste.
Non...
Leicester fait un nouveau signe à Varney : ce dernier
insiste à passer, Bowier l'arrête encore.
                    LEICESTER.
A me faire affront, maître Bowier persiste ?...
                    BOWIER.
Mes ordres sont précis...
                    LEICESTER.
                    Savez-vous qui je suis ?...
Savez-vous, insensé, ce qu'envers vous je puis ?...
La partialité toujours doit être exclue ;
Et chez les rois surtout, le devoir la récuse !...
Pourquoi donc s'en servir, en user à mes yeux ?...
Un des gens de Sussex n'est-il pas en ces lieux ?
                    BOWIER.
Vous paraissez, mylord, m'accuser d'injustice :
Mais sachez que Walter n'est plus à son service ;
La reine au sien l'a pris.
                    LEICESTER.
Use d'autorité :
Je te paîrai plus tard de ta témérité ;
Si je t'ai fait monter, je te ferai descendre ;
Ingrat... Je te rendrai de bon bois pour te cendre.
Leicester entre, fait un salut respectueux et va prendre
sa place à la gauche de la Reine. Sussex est placé à sa
droite.

LA REINE.

Des menaces!... Pourquoi, comte de Leicester?...
Envers nos serviteurs ce ton me semble amer!...
C'est nous, je crois, mylord, que l'on veut contre-
[dire?...
Sur mes ordres pourtant vous n'avez rien à dire?
De quel droit venez-vous avec un air altier,
Menacer à mes yeux un honnête officier?...
Sachez qu'en Angleterre il n'est qu'une maîtresse?
Et que c'est moi!... moi seule!... à vous tous je
[m'adresse?...
Car vous aussi, Sussex, vous êtes dans ces lieux,
Bien moins comme sujet que comme factieux!...

SUSSEX.

Mes amis, il est vrai, souveraine adorable!...
Jaloux de mes travaux; de mon sort honorable;
En Irlande, en Écosse, et jusqu'au fond du nord;
Pour défendre vos droits...

LA REINE.

C'en est assez, mylord...

SUSSEX.

Contre les révoltés...

LA REINE.

Silence, je vous prie?...
Toujours qui m'interrompt, me blesse et m'injurie.
Avec moi, lord Sussex, vous voulez faire assaut
De paroles je crois? Tel est votre défaut.
Du comte Leicester, le modeste silence,
Aurait dû vous apprendre à vous taire, je pense?...
Mes reproches, mylord, sont assez mérités!
Que venez-vous parler, de droits, de révoltés?...
Vous paraissez vous-même au milieu d'un cortége
Qui vous connaît pour chef, que votre orgueil
[protége...
Et qui m'annonce enfin à parler nettement.
Moins la soumission que le soulèvement.
De mes nobles aïeux, ainsi que de mon père,
La sagesse, en tout temps, aux grands de l'An-
A défendu d'avoir de ces hommes armés! [gleterre,
Qui sont, contre les lois, pour eux seuls enflammés!
D'un père que j'aimai, pensez bien qu'en que-
[nouille
Jamais ne tombera la suprême dépouille!...
Je suis femme, mylords, le sceptre est dans mes
[mains?...
Il sera respecté des plus fiers des humains!...
Je ne souffrirai pas qu'une frêle arrogance,
Méconnaisse mes droits ainsi que ma puissance;
Qu'elle opprime mon peuple et trouble mes états;
Je veux ma place au rang des premiers potentats!
Sussex et Leicester, c'est moi qui vous l'ordonne:
Soudain soyez amis!... ou de par ma couronne,
Vous trouverez en moi, terrible en mon courroux,
Un ennemi cruel, beaucoup trop fort pour vous!...

LEICESTER.

Vous êtes de l'honneur la vraie et pure source!...
Reine, pour se venger le mien est sans ressource;
Quoiqu'il soit cependant fortement outragé!
Disposez-en, par vous mon bras encouragé,
Pourra justifier mon discours et l'insulte,
Que m'a faite mylord, et ce dont il résulte,

La discorde qui règne et nous fait ennemis.

SUSSEX.

Aimable souveraine, à vos ordres amis,
Je me dois conformer: mais avant je désire,
Que lord de Leicester, au moins veuille nous dire,
Quels sont ces torts, si grands, qu'il me croit en-
[vers lui?...
Si j'ai dit un seul mot, je suis prêt aujourd'hui,
Puisqu'il en veut raison, de lui vouloir en rendre.

LA REINE.

De tels discours, mylords, blessent à les entendre.
Réprimez, je le veux, votre animosité?,..
Ou je vais contre vous user d'autorité.
De vos dissensions oubliez donc la cause?...
Je vous veux faire amis; me refuse qui l'ose!...
Approchez tous les deux et donnez-vous la main?

Tous les deux se regardent d'un air froid et semblent ne pas vouloir obéir à la Reine.

Vous hésitez?... Ma Tour de Londres, dès de-
[main,
Vous verra dans ses murs; votre fière opulence
Y gémira long-temps, avant qu'en ma présence
Vous ne reparaissiez. Pour la dernière fois,
Sans hésiter, mylords, rendez-vous à ma voix?.,.
Sussex, je vous en prie, au nom de la couronne!...
Quant à vous, Leicester, la reine vous l'ordonne!

Elle prie Sussex avec gravité et ordonne à Leicester avec douceur.

LEICESTER

La prison, noble reine, on la peut supporter;
Mais de votre présence, on ne peut pas douter,
Que le bannissement me coûterait la vie!...
Sussex, voici ma main?...

LA REINE, *bas à la duchesse de Rutland.*

Rutland, je suis ravie!...
J'unis dans ce moment les membres de mon
[corps?...

SUSSEX.

Comte, voici la mienne, et sans aucun remords:
Je l'offre franchement; mais...

LA REINE

Ce mot vous engage
A n'en pas dire plus. Je touche le rivage!...
J'ai bravé les écueils, j'arrive heureusement,
Sur les bords que cherchait mon mécontentement,
Du troupeau, messeigneurs, tous les chagrins s'é-
[loignent,
Alors que sont unis les bergers qui le soignent.
Je vous dirai, mylords, à vous parler sans fard,
Que les dissensions, pires que le poignard,
Même parmi vos gens causent un mal extrême:
Mais pour y mettre fin, de mon pouvoir suprême
Je vais sans plus tarder à vos yeux me servir.
Contre tous les abus les rois doivent sévir!...
Le comte Leicester, possède à son service
Un homme qui, dit-on, pratique trop le vice;
Enfin, Richard Varney, qui de sir Hugh Robsart,
Séduit l'unique enfant, seul appui du vieillard...
Lui fait abandonner la maison paternelle!...

Leicester pâlit et manque de se trouver mal, la Reine le voit.

Qu'avez-vous, Leicester?... Une pâleur mortelle

S'empare de vos traits? Vous trouveriez-vous
[mal!
Mon discours, répondez, vous serait-il fatal ?...

LEICESTER.

Non, madame...

LA REINE.

Pourtant... N'ayez aucune crainte ?...
Des vices de Varney, votre âme n'est pas teinte?...
Rassurez-vous, Dudley, de cette folle ardeur ;
Je n'ai pas un instant soupçonné votre honneur !
Bien que sa faute soit et grande et châtiable ,
Je ne vous en rends pas cependant responsable.
Votre esprit est, je crois, nourri par des projets,
Plus grands!... dignes enfin de nos premiers su-
[jets !...
De l'aigle quand on veut suivre le vol rapide,
On ne peut point chasser la fauvette timide...
Mais vous restez muet : votre confusion,
Me dessille les yeux, m'ôte l'illusion!...
Vous connaissez le fond de ce triste mystère?...
Ah ! vainement, mylord, vous voudriez le taire.
Nous y pénétrerons.

A Bowier.

Faites entrer Richard,
Avec Tressilian, le fondé de Robsard.

*Bowier fait signe à Varney et à Tressilian d'entrer; ils
entrent et vont se mettre à genoux devant la Reine.
Varney donne un regard à Leicester, comme pour lui
demander ce qu'il doit faire. Leicester est dans la plus
grande consternation.*

Qui des deux est Richard ?

R. VARNEY, *d'un ton de grandeur.*

Moi, madame !

LA REINE , *faisant signe à Tressilian de s'aller
placer à côté du comte de Sussex.*

A l'audace
Que nous montrent ton front et ton flegme de glace,
D'une fille élevée au foyer de l'honneur,
J'aurais dû reconnaître au moins le séducteur ;
Car, si l'on m'a dit vrai, cette enfant adorée!...
L'enfant du Robsart , tu l'as déshonorée ?...
Réponds-moi : de mon doute il me faut éclaircir;
A mes yeux trop peut-être on a su te noircir ;
Je le crois : mais enfin, après l'avoir séduite,
Dis du moins dans quels lieux ton amour l'a con-
[duite?
Et quels sont tes desseins? j'insiste à les savoir ;
La raison me l'ordonne, ainsi que le devoir.
Si tu n'es pas fautif, parle pour ta défense?...
Je te dois prévenir que qui me ment m'offense.

R. VARNEY.

Illustre reine ! aux pieds de votre majesté,
Qui jamais oserait farder la vérité ?
Je vous la dois, madame, et je vais vous la dire :
Avec Amy Robsart...

Il donne un regard à Leicester.

Pardon si je soupire !. .
Ce nom rappelle en moi tant de nobles vertus,
Tant de charmes divins, que je reste confus.
Je ne puis, sans rougir, de celle que j'adore ,

Rappeler la faiblesse et moins la mienne encore.
Je ne sais... cependant je dois à tout hasard

Il regarde encore Leicester, qui est on ne peut plus ému.

Avouer mes erreurs, avec Amy Robsart,
J'eus quelques liaisons d'amour...

LA REINE.

Sans doute honnêtes...

R. VARNEY.

Madame, je vous jure...

LA REINE.

Ah ! je connais vos têtes !
Mes jeunes officiers ; et je sais qu'en amours,
La franchise avec vous ne marche pas toujours !
Je croirai cependant ta parole sincère,
Si sa main fut par toi demandée à son père.

R. VARNEY.

Reine, la demander eût été mon bonheur !...
Mais on la conservait pour un homme d'honneur!
Mylord Tressilian, noble, sans aucun vice,
Auquel la raison force à rendre en tout justice.

LA REINE.

Pour quitter et son père et le toit paternel,
Jeune, simple et craignant sans doute l'Éternel,
Qui put la décider ?...

R. VARNEY.

De la faiblesse humaine,
Je ne puis, avec vous, raisonner, grande reine ;
Ne l'ayant pas connue on vous verrait alors,
En mal plaider la cause en dépit des efforts.
Je ne puis pas non plus, devant une personne,
Qui n'a jamais senti l'ardeur qu'elle nous donne,
Qui n'a cédé jamais aux passions d'amour ;
Prendre, du Dieu cruel, la cause en ce séjour.

LA REINE, *souriant.*

De connaître l'amour, je ne suis pas jalouse.
Dis-moi, si seulement, tu la veux pour épouse?..
Ou bien, dis-moi plutôt, qu'au respect de la loi,
Tu l'as fait en secret... c'est elle, réponds-moi ?

*Varney donne un regard à Leicester; ce dernier paraît
courroucé.*

R. VARNEY, *après un moment d'hésitation.*

Oui, madame...

LEICESTER, *avec indignation.*

Impudent, malheureux, misérable !

LA REINE.

Comte, votre colère est sans doute louable,
Je l'approuve, et pourtant de la calmer soudain,
Vous supplie à l'instant mon pouvoir souverain.
Avec votre écuyer, nous n'avons pas, je pense,
Dit un mot qui vous blesse et qui vous fasse of-
[fense?
Laissez-nous achever cette affaire avec lui

A Varney.

Leicester, connaît-il seulement d'aujourd'hui,
Cette belle aventure ?...

R. VARNEY.

A bien dire la chose,
A n'en point imposer, seul il en fut la cause...

LEICESTER.

Que dis-tu, scélérat ?.. .

LA REINE, *d'un ton furieux, à Varney.*

    N'écoute, dans ces lieux,
Que mon ordre Varney, le regard de mes yeux ?
Personne, devant moi, n'a droit de t'interdire.
Continue à parler et songe à tout me dire...

R. VARNEY.

Pour votre majesté, je n'ai point de secrets,
Mais dans le monde, reine, il est des indiscrets;
Donc à vous seulement je veux faire connaître,
Les affaires enfin qui concernent mon maître.

LA REINE, *donnant un regard général.*

Vous tous que l'on s'éloigne!..

Chacun se retire dans le fond de la salle du côté qu'il occupe; on ne voit plus que Varney et la Reine.

<hr>

SCENE III.

LA REINE, R. VARNEY.

LA REINE.

    Et, sans calomnier,
Toi, parle maintenant, pour te justifier.

R. VARNEY.

Le comte Leicester, vous l'avoûrai-je, reine ?...
Paraît depuis long-temps éprouver de la peine,
Un sentiment secret occupant sa raison,
Fait qu'il néglige tout, ses gens et sa maison.
Sur tous points, en un mot, notre maître s'oublie,
C'est pourquoi je le fais l'auteur de ma folie,
Car s'il eût maintenu, l'ordre très-fortement,
Je n'aurais pas commis ma faute assurément ;
Je ne me verrais pas l'objet de sa colère,
Peine qui pour mon cœur est vraiment trop amère!

LA REINE.

Mais à ta faute alors, il n'a donc pas pris part ?.

R. VARNEY.

Non, madame...

LA REINE.

  Prends garde à la fourbe Richard !..

R. VARNEY.

Madame, sur ce point, pour moi rien n'est à crain-
Et !..   [dre,

LA REINE.

  Continue alors à me parler sans feindre.

R. VARNEY.

Hé bien ! le comte, reine, à parler franchement,
N'est plus le même enfin, depuis l'évènement,
Qui lui survint, voilà, la quatrième année :
Il était plus heureux avant cette journée,
Où ce paquet fatal !...

LA REINE, *souriant.*

   Quoi ! comment... un paquet ?...
De qui lui venait-il? Qu'est-ce qu'il contenait ?

R. VARNEY.

Une tresse en cheveux , dont-il fait son idole ;
A laquelle il adresse étant seul, la parole ;
Qu'il porte nuit et jour, et qu'adorent ses yeux,
Plus que jamais païen n'adora ses faux dieux !...

LA REINE.

Quelle en est la couleur ?... Parle-moi sans ré-
      R. VARNEY. [serve ?...
A cette toile d'or que travailla Minerve,

On la croirait coupée, ou plutôt du soleil,
De la fin d'un beau jour, c'est un rayon vermeil!...

LA REINE.   [maître!...

Tu m'enchantes vraiment , tu parles en grand
Regarde bien, Varney ? Pourrais-tu reconnaître,
Dans mes dames d'honneur , la couleur des che-
         [veux ?...
Voyons, observe-les, et satisfais mes vœux.

Il regarde à droite et à gauche.

Hé bien ! ce beau rayon , le vois-tu dans quel-
    R. VARNEY. [qu'une?...
Noble reine, en ces lieux mes yeux n'en voient
         [aucune,
S'ils ne regardent pas , ce qu'ils n'osent fixer!...

LA REINE.

Quand des bornes on sort, on s'expose à glisser.
Fais bien attention !... tu me ferais entendre...

A part.

Assez. Retire-toi!.. Je crains d'en trop apprendre.

Elle fait signe à droite et à gauche, chacun vient reprendre la place qu'il occupait.

<hr>

SCENE IV.

LES MÊMES, LEICESTER, SUSSEX, W. RA-
LEIGH, E. TRESSILIAN, LA DUCHESSE
DE RUTLAND, DAMES D'HONNEUR ET MINIS-
TRES.

LA REINE, *à Leicester.*

Vous avez dans Richard, un très-bon serviteur,
Comte de Leicester ; mais il est trop parleur :
Et selon mon avis, vous auriez tort d'en faire
De vos secrets, mylord, le grand dépositaire.
Soyez bien assuré qu'on les saurait bientôt.
Je vous en parlerai plus longuement tantôt :
A son accusateur je dois une audience.

A Tressilian.

Mylord Tressilian, devant nous qu'on s'avance?...

Tressilian s'avance ; il s'incline respectueusement.

Sans doute, vous savez qu'aussi bien qu'Ilion,
Possède ses Pâris notre illustre Albion...
Ses Ménélas trompés , ses perfides Hélènes ;
Et ses Amphitryons et ses tendres Alcmènes?. .
Vous le savez, mylord : mais apprenez aussi,
Que pour les gens ingrats on bannit le souci?...
Que qui nourrit pour eux le feu de la tendresse,
Bien plus que la vertu possède la faiblesse?
S'apprête, des tourmens l'insupportable cours
Et l'éternel ennui !... le tyran des beaux jours!...
Chassez de votre cœur une femme infidèle !...
Écoutez la raison, qui toujours nous appelle !...
Soyez homme, en un mot, et laissez à Richard,
Sans vous plaindre du sort, la perfide Robsart ! ..
Par son père, il est vrai, sa foi vous fut promise ;
Votre mauvais destin à Varney l'a remise ;
Pourquoi voudriez-vous, par un fatal retour,

Opposer des rigueurs au nœud de leur amour?...
Quel espoir auriez-vous alors qu'elle est épouse?...
Vainement votre ardeur en deviendrait jalouse?
Son cœur entre vous deux a dû fixer son choix;
Car elle ne peut être à deux, tout à la fois.
A vous enfin, mylord, c'est lui qu'elle préfère;
Peut-être, sur ce point... eût-elle pû mieux faire:
Je le crois. Néanmoins, Richard est son époux.

    E. TRESSILIAN.

Je ne verrais plus rien à réclamer de vous,
S'il en était ainsi, ma noble souveraine!...
Mais selon moi, Varney, n'est pas preuve certaine.

    LA REINE.

Comte de Leicester, est-il sûr que Richard
Soit bien, comme il le dit, l'époux d'Amy Rob-
        [sart?...

Leicester, vexé de la question, hésite un instant à répondre.

    LEICESTER.

Tant... que... je puis savoir.

    E. TRESSILIAN.

      Pardonnez-moi, madame;
Mais pourrai-je savoir de quand elle est sa
        [femme ?...
Quel lieu vit célébrer cet hymen prétendu?..

    LA REINE.

On ne se serait pas à ce coup attendu;
Comment, Tressilian, vous n'avez pas de honte,
De douter de la foi, d'un grand, d'un noble
        [comte ?...
Sa parole, il me semble... Ah! mais dans ce mo-
        [ment,
Je vous excuse tout; car vous êtes amant;
Vous vous croyez en perte et prenez la licence...
Nous voulons vous traiter avec grande indulgence,
Observer votre affaire à fond plus à loisir.
Allez.

    Tressilian retourne à sa place.

  Mes nobles lords, d'après notre désir,
La séance est levée. Il faut qu'on se sépare,
Et que chacun de nous à partir se prépare;
Pour être à Kenilworth avant midi demain,
Il faut nous disposer à nous mettre en chemin;
Sans doute, Leicester, tout est prêt pour la fête?..
J'attends depuis huit jours; mais plus rien ne
        [m'arrête,
Je vais tout ordonner pour partir à l'instant.
Je dois pourtant, mylord, vous dire en vous
        [quittant,
Que j'aurai dans le cœur une joie infinie,
Si notre ami Sussex est de la compagnie.

    LEICESTER.

Si le comte veut bien me faire cet honneur,
Reine, j'en sentirai le prix et le bonheur!...
Et je regarderai son aimable visite,
Comme le plus beau don de l'homme de mérite.

    SUSSEX.

Je suis vraiment confus... je souffre tant encor,
Madame, je ne puis... impossible, mylord...

    LA REINE.

Comment, comte Sussex, êtes-vous si malade,

Que vous ne puissiez faire un jour de promenade?
On ne peut pas trouver un temps plus beau, plus
        [sain.
Je vais faire appeler mon premier médecin,
Il veillera sur vous, j'y veillerai moi-même;
Des sujets, tels que vous, veulent un soin suprême!
Il faut que vous soyez du voyage, mylord?...
Sans vous, il manquerait quelqu'un à Kenilworth.

Lord Sussex s'incline profondément, pour montrer à la Reine qu'il obéira à ses ordres. Il s'approche de Leicester, lui fait le signe d'acceptation de son offre. Ils parlent bas ensemble.

Sussex et Leicester, j'oubliais de vous dire,
Une chose qu'encor votre reine désire:
Puisque vous possédez Pâris et Ménélas;
Qu'ils sont de la partie, au moins n'omettez pas;
Car je tiens à la voir, cette charmante Hélène!...
L'épouse de Varney, je veux qu'il nous l'amène.

Elle sort à droite du spectateur, tout le monde la suit par ordre; à l'exception de Tressilian, qui est arrêté par Wayland, qui arrive par la porte à gauche du spectateur.

~~~~~~

    SCENE V.

  E. TRESSILIAN, WAYLAND.

WAYLAND, *frappant sur l'épaule à Tressilian, qui se dispose à sortir avec les gens de Sussex.*

Il faut que je vous parle, arrêtez un instant?...

    E. TRESSILIAN.

Qui vous guide en ces lieux?... Mais qu'avez-
        [vous, Wayland ?...
Pourquoi votre figure ainsi décomposée?...
Peut-être que d'Amy la vie est exposée?...
Parlez: au nom du ciel! tirez-moi d'embarras;
D'où vous vient cet effroi que je ne conçois pas?...
Vous auriez vu le diable...

    WAYLAND.

      Oh! mylord, j'ai vu pire!...
J'ai vu Démétrius, dans Greenwich, je respire.
Je l'ai vu, grâce à Dieu, sans qu'il m'ait aperçu.
Quel que soit son projet il le va voir déçu...
Je ne souffrirai pas qu'un perfide, qu'un traître,
Que ce Démétrius enfin, qui fut mon maître;
Vienne user sous mes yeux de son lâche poison.
Ses drogues avec moi, ne sont plus de saison.
C'est lui, qui de Sussex causa la maladie,
Que mon faible talent a sous vos yeux guérie.

    TRESSILIAN.

Mais êtes-vous bien sûr, Wayland, que ce soit lui?

    WAYLAND.

J'en suis tellement sûr, que je pars aujourd'hui,
Pour mieux dire à l'instant; je vais à Cumnor-Place.

    E. TRESSILIAN.

Craignez-vous pour Amy?

    WAYLAND.

      Quelque coup la menace:
Croyez-en ma parole et ma crainte, mylord.

On m'a dit que ce jour, il doit quitter ce bord
Que pour Cumnor il part. Je crains un vénéfice,
Je voudrais l'empêcher.

E. TRESSILIAN.
Il est donc au service...

WAYLAND.
Du comte Leicester, qui le tient tout le jour,
Sous le nom d'Alasco, renfermé dans sa tour,
Qui le croit astrologue, et la nuit l'interroge;
De concert avec lui, Varney fait son éloge;
Et le comte, trompé par ces deux scélérats,
Croyant fuir le danger, vers lui court à grands pas.

E. TRESSILIAN.
Oh! pars, Wayland, alors que rien ne te retienne.
Mais non. Je réfléchis à l'ordre de la reine;
Il faut qu'Amy, demain, se trouve à Kénilworth;
Attends.

WAYLAND.
Attendre quoi? qu'on lui donne la mort?
Démétrius est vil, et Richard est à craindre!
Ils sont unis tous deux, que son sort est à plaindre!
Mais je peux la sauver, je connais un moyen.

E. TRESSILIAN.
Quel est-il, Wayland, parle, et ne me cache rien.

WAYLAND.
Ne m'avez-vous pas dit, que, pour suivre la trace,
De cette triste affaire, un homme, à Cumnor-Place,
Appelé Gill Gosling, avait été chargé?
Hé bien! de vous, mylord, je prends soudain congé;
Pour Cumnor, à l'instant, je vais me mettre en
[route:
Vers onze heures, ce soir, j'arriverai sans doute;
Chez le brave Gosling, je descends aussitôt,
Et me fais éclairer sur l'affaire au plus tôt;
Demain, dès le matin, sans perdre une minute,
En marchand colporteur au château je débute.

E. TRESSILIAN.
Arrivé près d'Amy...

WAYLAND.
Je fais sonner bien fort
Les fêtes que vont voir les gens de Kénilworth;
Je parle de Varney, je parle aussi du comte;
Sur leurs plaisirs futurs je lui bâtis un conte;
J'ajoute que la reine exige que Richard
Aux fêtes précitées amène Amy Robsart.
Si je lis dans ses yeux la tristesse ou la joie,
Devant elle mon cœur aussitôt se déploie,
Sans trop voir sur son front les signes du chagrin,
Je lui dis de mes pas le sujet, tout enfin.
A Kénilworth alors je l'engage à me suivre,
Je prie et presse tant, qu'en peu je la délivre;
Je la sauve des mains de plusieurs scélérats,
Qui, s'ils avaient le temps, ne la manqueraient pas.
Je vois Démétrius! partons: je le redoute.

E. TRESSILIAN.
Oui. Va, dépêche-toi, n'arrête pas en route.

A Kénilworth, Wayland, j'espère te revoir?

WAYLAND.
Comptez sur moi, mylord, je ferai mon devoir!

Ils sortent à gauche du spectateur.

SCENE VI.

RICHARD VARNEY, DÉMÉTRIUS *sous le
nom d'*ALASCO, *entrent par la porte à droite
du spectateur.*

R. VARNEY.
Eh! que m'importe à moi, ta charlatanerie,
Les effets de ton art, tes secrets de chimie?
Dis-moi donc bien plutôt si le comte, aujourd'hui,
T'a retenu long-temps à parler avec lui?
Avais-tu bien encor dans ta faible mémoire
Ce qu'hier je te dis pour ma pleine victoire?

DÉMÉTRIUS.   [mieux,
Ne craignez rien, mylord, tout marche pour le
Et vous serez sans doute en tout victorieux.
Il me croit astrologue: il m'écoute en silence,
Lui prédire un succès dont je ris à l'avance.

R. VARNEY.
Bien, Alasco, très-bien!... Écoute maintenant:
Il faut qu'avec Michel tu partes sur-le-champ;
On t'attend à Cumnor...

Démétrius fait un signe de tête pour affirmer qu'il le sait.

Mais, à ne te rien taire,
On attend encor plus ton secret ministère.
J'ai reçu de la reine un ordre par trop fort!...
Son exécution ferait changer mon sort,
Elle veut que demain, je lui montre en personne
Une femme!... Oh! non pas!...

Très-bas, à Démétrius.

Il faut qu'on l'empoisonne!...

Haut.

Tu conçois, Alasco... ta fortune en dépend:
Mais prends garde!... un mot seul! aussitôt l'on
DÉMÉTRIUS.   [te pend!...
Reposez-vous, mylord, sur ma délicatesse.

R. VARNEY, *à part.*
Je me repose plus sur ta scélératesse.

Haut.

Allons, sans plus tarder, va rejoindre Michel...
Et tous les deux, songez que mon ordre est formel;
Que la mort est le prix de qui cherche à l'enfrein-
[dre;
Et qu'un mauvais succès a tout autant à craindre.

Démétrius sort à gauche du spectateur, et Varney à droite.

www

ACTE TROISIEME.

Le théâtre représente une belle antichambre du château de Kénilworth, une grande porte dans le fond entrant dans une
salle richement décorée. Dans l'angle à droite du spectateur un escalier. Deux portes latérales, une à droite et l'autre
à gauche du spectateur, celle de gauche beaucoup plus grande que celle de droite ; une croisée de chaque côté de cette
grande porte. Des sièges, du papier, des plumes et de l'encre sur une table placée près de la porte à droite du spectateur. Tout le monde est dans une brillante toilette ; excepté Tressilian et Wayland, Amy Robsart est dans un costume blanc très-simple.

SCENE PREMIERE.

AMY ROBSART, WAYLAND.

Au lever du rideau, une troupe de comédiens ambulans
arrive sur la scène, par la petite porte à gauche du
spectateur ; elle est conduite par Lawrence, il monte
l'escalier, tout le monde le suit. Flibbertigibbet, habillé
en diable, gambade un instant derrière eux, et monte
l'escalier en courant. Amy Robsart et Wayland, qui se
trouvent arriver avec eux, restent en scène.

WAYLAND.

Grâce aux comédiens que nous avons trouvés,
Sans être découverts nous sommes arrivés.
A ne vous rien céler, milady, j'appréhende,
Cet espiègle d'enfant, le diable de leur bande,
Celui qui, tout-à-l'heure, à la porte du parc,
De ce garde insolent sut faire baisser l'arc ;
Il oblige au besoin ; mais non pas sans salaire.
Bien plus que de l'argent, un secret peut lui plaire :
Et tel est mon dessein, pour m'assurer de lui,
De lui tout avouer, même dès aujourd'hui ;
Car s'il tient à savoir ce qu'on ne veut pas dire,
D'abord, adroitement, il commence à médire ;
Je connais son esprit...

AMY.

Ah ! qu'importe, Wayland !...
Quel que soit son esprit, c'est toujours un enfant !
Ne nous découvrez pas. Songez donc qu'à son âge,
On est inconséquent... du monde a-t-on l'usage ?
Ne précipitez rien. Je crains que mon époux,
S'il me sait en ces lieux, ne se mette en courroux.
Trop surpris de me voir, il traiterait d'offense,
Malgré son tendre amour, ma désobéissance !
Au lieu que cette nuit, me jetant à ses piés !...
Mes yeux pleins de douleur et de larmes noyés,
J'obtiendrai mon pardon, j'empêcherai sa haine ;
Et peut-être demain, aux genoux de la reine,
Peuple sot, qui de moi sembles rire aux éclats,
Pour son épouse enfin tu me reconnaîtras !
Mais j'entends quelque bruit ?...

Wayland va du côté de la porte où ils sont arrivés ; il
regarde et écoute à la croisée. Amy à elle-même.

Faut-il que je demeure ?
Pourquoi, mon Dieu ! pourquoi trembler dans sa
[demeure !...

Mon tendre Leicester, voilà donc ton château !
Oh ! bien plus qu'à Cumnor comme tout semble
[beau !
Tout est riant ici ! tout est rempli de charmes !
Sans doute ce séjour ne voit jamais de larmes !
La gaîté, les plaisirs, les jeux et leur douceur,
La douce volupté, leur plus aimable sœur,
Habitent seuls ces lieux consacrés à ta gloire !

WAYLAND, *écoutant toujours.*

C'est un bruit de chevaux, à ce que je puis croire.

AMY, *sans l'entendre.*

Eh ! moi !... moi, ton épouse et ton plus tendre
[amour !...
Tu ne me voulais pas dans ton brillant séjour !
Pourtant je t'ai donné, comme eût fait une reine,
Mon nom, mon cœur, ma main, tout enfin, hors
[la haine !
Aux pieds des saints autels Dieu t'a fait mon
[époux !
Oh ! pourquoi donc trembler, redouter ton cour-
[roux ?...
T'ayant désobéi je n'ai pas fait un crime !
Je suis bien ton épouse... épouse légitime !
Pour avoir violé les ordres de tes droits,
En romprais-tu les nœuds faits par le roi des rois ?
Oh ! non, mon Leicester, ton âme est trop sen-
[sible !
Elle ne sera point pour mes vœux inflexible ;
Tu m'aimes ! j'en suis sûre, et ta douce amitié,
De ma présence ici sans doute aura pitié !

WAYLAND.

Le bruit croît, milady, vers ces lieux il approche ;
Dans le lointain je crois apercevoir un coche !

Amy Robsart s'approche de Wayland.
Elle regarde aussi à la croisée.

Près de ce lac, touchant la tour de Mortimer,
N'entrevoyez-vous pas le comte Leicester ?
C'est sans doute la reine et son brillant cortége,
Dont on voit les coursiers aussi blancs que la
[neige ?
Quoiqu'ils soient encor loin, je crois qu'il est
[prudent
De monter...

Ils vont pour monter l'escalier.

SCÈNE II.

LES MÊMES, FLIBBERTIGIBBET.

FLIBBERTIGIBBET, *en diable, descend l'escalier vivement, au moment où Amy et Wayland se disposent à monter.*

Avez-vous l'ordre de l'intendant,
Pour monter dans des lieux déjà tout pleins de
[monde?

Il présente à Wayland un ordre de l'intendant ; Wayland le prend et le lit bas. Amy s'approche de la table, elle paraît contente de trouvertout ce qu'il faut pour écrire, elle s'assied et écrit une lettre.

Tu vois pour mes amis que mon esprit féconde,
Et que je puis, Wayland, trouver quelques
[moyens
Pour leur être agréable... oh! mais je te préviens,
Ta démarche en ces lieux me paraît un mystère;
Si je mets à profit pour toi mon ministère,
Tu dois m'initier. Tu sais bien qu'avec moi
Tu ne dois craindre rien; doutes-tu de ma foi?
Ne te souvient-il plus que, malgré ma jeunesse,
Pendant deux ans entiers, vivant dans la détresse,
Tes secrets à ma foi furent tous confiés?
Par moi, Wayland, réponds, furent-ils publiés?
Si d'être trop léger ton cœur enfin m'accuse,
Cite-moi quelque fait, aussitôt je m'excuse,
Et je ne cherche plus à savoir ton secret.

WAYLAND.

Je ne te crains en rien, je te sais très-discret:
Mais ceci, tu le vois, ce n'est pas mon affaire;
Je ne te puis rien dire...

FLIBBERTIGIBBET.

Hé bien!... tu peux te taire!
Va, j'y pénétrerai; fût-il aussi profond
Que les donjons des tours, je toucherai le fond.

Amy Robsart achève d'attacher sa lettre avec une boucle de ses cheveux, à défaut de pains à cacheter qu'elle ne trouve pas. Elle vient près de Wayland.

AMY.

O vous, fidèle ami, soutien de l'infortune!..
Vous allez m'accuser d'être bien importune;
Mais c'est le dernier soin que de moi vous pren-
[drez.

Elle lui remet la lettre et lui dit à voix basse.

Tenez: au comte seul, Wayland, vous la rendrez,
Je tiens qu'aujourd'hui même elle lui soit remise.
Allez, si mon espoir en tout se réalise,
De vos égards pour moi, je me rappellerai.

Wayland serre la lettre du côté où se trouve Flibbertigib- bet; qui la lui ôte adroitement.

WAYLAND, *à voix basse.*

Comptez sur moi, mistriss, je la lui donnerai.

Flibbertigibbet, après avoir soustrait la lettre, est allé vers la croisée la plus éloignée du spectateur; il revient près d'eux en courant.

FLIBBERTIGIBBET.

Montez vite, montez!.. le cortège s'avance,

Amy et Wayland montent l'escalier.

Flibbertigibbet, montrant la lettre.

De savoir le mystère, hé bien!... j'ai l'espérance,
C'est en vain qu'avec moi l'on veut faire le fin,
Mon cher ami Wayland, je saurai tout enfin.
De n'en pas mésuser, je te fais la promesse;
Mais je saurai du moins le nom de ta maitresse,
Le but de sa démarche, en venant dans ces lieux,
Grâce à ta défiance, homme mystérieux.

Il court à la rencontre du cortège.

SCÈNE III.

LA REINE, LE COMTE DE LEICESTER, LE COMTE DE SUSSEX, R. VARNEY, BLOUNT, TRACY, W. RALEIGH, LA DUCHESSE DE RUTLAND, DAMES D'HONNEUR, SUITE DE LA REINE ET DES DEUX COMTES. *Ils arrivent par la grande porte à gauche du spectateur, ils entrent dans la grande salle, par la porte du fond. On aperçoit WAYLAND, dans l'escalier, qui observe le cortège, il a l'air d'y chercher quelqu'un des yeux. Quand tout le monde est entré, les portes se referment. Wayland descend entièrement.*

WAYLAND.

Mylord, Tressilian, n'est donc pas de la suite?
Oh! d'une heureuse fin l'espérance est détruite!
De nos mauvais succès c'était le moins prévu,
Je ne puis cependant partir sans l'avoir vu,
Il me le faut trouver, car je lui veux remettre,
De la comtesse Amy, la respectable lettre.
Que lui-même la donne au comte Leicester,
Ce soin bien plus qu'à moi lui pourra sembler
[cher!
Ensuite près du comte, ayant plus d'influence,
Il approchera mieux... c'est user de prudence,
Je dois agir ainsi, tâchons de le trouver.

Il sort à gauche du spectateur.

SCÈNE IV.

AMY, E. TRESSILIAN.

Ils descendent l'escalier, ils voient Wayland, qui sort à l'instant qu'ils achèvent de descendre. Tressilian court vers la porte et semble vouloir l'appeler.

AMY.

N'appelez pas, mylord, on pourrait m'observer.

E. TRESSILIAN.

Dans ces lieux, milady, vous n'avez rien à
Et... [craindre.

AMY.

Mylord, à trembler me voulez-vous contraindre?
On me croit chez mon père, on m'ignore en ces
[lieux,

Plût au ciel que je fusse au toit de mes aïeux !
Je n'aurais plus besoin du secours de personne.

E. TRESSILIAN.

Vous n'êtes pas Amy, de ceux qu'on abandonne,
Je vous offre le mien.

AMY.

Merci mylord, merci !
Je ne puis l'accepter, il est quelqu'un ici,
Que l'amour et les lois engagent à ma cause,
Et que pour protecteur un saint devoir m'impose.

E. TRESSILIAN.

Enfin, le misérable a donc fait son devoir,
La réparation était en son pouvoir ;
Il l'a faite. Ah ! Varney, mon âme était jalouse,
Mais elle ne l'est plus en voyant ton épouse !...

AMY, *avec aversion.*

Épouse de Varney ! de quel infâme nom,
Osez-vous appeler la... la... Mylord, pardon !

Amy baisse les yeux.

E. TRESSILIAN.

Amy, vos yeux, hélas ! démentent votre bouche !
Je vois vos pleurs couler, votre destin me touche,
J'en sens dans ce moment l'inflexible rigueur !
En vain vous me parlez, de lois, de protecteur ,
Je le vois, milady, vous êtes abusée,
Abandonnée au sort! peut-être méprisée !

AMY, *se laissant tomber sur un siège.*

Misérable Varney ! tu n'as que mon mépris !

E. TRESSILIAN.

Puisque d'un lâche, enfin, vous connaissez le prix !
Ne me célez plus rien, vous pouvez craindre un
                                              [piége,
Il vous faut à l'instant quelqu'un qui vous protége.
Je m'offre; ah ! milady, ne me refusez pas !
Laissez-moi le doux soin de veiller sur vos pas,
De défendre vos droits, de braver un parjure!
Au nom de votre père, Amy, je vous conjure!
Je m'offre, acceptez-moi pour votre protecteur !
J'ai hâte d'accuser votre vil séducteur :
Ou bien, plutôt ensemble, aux genoux de la reine,
Implorons pour lui seul la plus cruelle peine !
Je connais sa justice, et mon cœur s'en tient fort;
Elle m'écoutera lui dire votre sort :   [larmes,
Vous voyant à ses pieds, les yeux tout pleins de
Les siens observeront la douceur de vos charmes,
Qu'un chagrin dévorant consume chaque jour !
Elle reconnaîtra le prix de votre amour,
Pour l'indigne mortel que votre cœur préfère ;
Toujours pour les ingrats elle parut sévère.
Ah ! sans doute, Richard, va trembler cette fois !
Vous l'allez voir pâlir au son seul de sa voix !
Je cours trouver Sussex, je veux de tout l'instruire,
Devant la reine après je viens pour vous conduire.

*Amy semble sortir d'une rêverie, et n'entend que les
derniers vers.*

AMY, *se levant vivement.*

Arrêtez, arrêtez : au nom du ciel, mylord !
Laissez-moi tout ce jour maîtresse de mon sort.
Vous êtes généreux, vous voyez ma misère! [père.
Hé bien ! pour m'en sauver c'est en vous que j'es-

Vous pouvez adoucir mon cruel désespoir,
Bien plus qu'Élisabeth avec tout son pouvoir :
C'est de votre bonté qui jamais ne se lasse
Que je vais réclamer la plus légère grâce.
Me l'accordera-t-elle ? Oh ! répondez, mylord !

E. TRESSILIAN.

Pourrais-je refuser quand mon cœur est d'accord?
Que ne ferait-on pas pour ceux que l'on estime?
Demandez, tout de vous me paraît légitime :
Mais cependant...

AMY.

Mylord, pas de condition,
Il n'est plus que démence en ma position !
Elle seule me dicte un conseil salutaire.

E. TRESSILIAN.

Si vous parlez ainsi, je ne puis vous le taire,
Je vous crois par vous-même incapable d'agir.

AMY.

Oh ! non, non, noble Edmond! mon mal peut se
Je ne suis pas encore en entière folie; [guérir,
Je n'ai que le chagrin , que la mélancolie :
Mais je suis malheureuse! et je cours malgré moi,
Vers un abîme enfin qui me glace d'effroi !
Par qui me veut sauver je m'y vois entraînée ;
A mon secours en vain j'appelle l'hyménée ,
Son bras m'y précipite, et je ne puis crier!
Aujourd'hui l'innocence est donc sans bouclier ?
Il n'est plus une main qui puisse être son guide,
Et jusqu'au précipice elle court sans égide !

E. TRESSILIAN.

Rassurez-vous, Amy.

AMY.

Comment me rassurer ?
Quand le destin partout cherche à me torturer!
Il faut pourtant, mylord, vous faire ma demande,
Malgré le froid refus que mon cœur appréhende :
Avant, écoutez-moi, je dois en peu de mots,
Vous dire qu'en ces lieux est l'auteur de mes maux :
Mais il a droit sur moi , donc je dois me soumettre.
Vous me voulez servir, je ne le puis permettre,
Car l'intervention, de vous surtout, mylord ,
Me perdrait sans ressource en vous donnant la mort.
De lui j'attends un ordre avec impatience ,
Je vous demande alors le plus profond silence,
Seulement cher Edmond, jusques à demain soir :
Sur ce faible délai je fonde mon espoir,
Et vous verrez qu'après, sans doute plus heureuse,
L'infortunée Amy, non pas moins généreuse,
Saura récompenser sans nul retardement,
Avec votre amitié, votre beau dévouement.

E. TRESSILIAN.

Je garderai, mistriss, le plus profond silence.
J'ai remarqué souvent , dès votre tendre enfance,
Que dans vos volontés, votre enfantin courroux,
Un grand fonds de bon sens se retrouvait en vous.
Dans cette idée, Amy, que mon esprit raisonne,
A votre destinée, oui, je vous abandonne,
Et jusqu'à demain soir ne me mêle de rien.
Mais ce délai passé, je suis votre soutien ;
Je le suis malgré vous ... Adieu ! je me retire...
Si pourtant vous avez quelque chose à me dire,
Si je puis faire encor quelque chose pour vous ,

Parlez, je suis tout prêt. Vous servir m'est si doux!

AMY.

Puisque enfin dans ces lieux le destin m'a conduite,
J'abuse trop de vous, mais je m'y vois réduite,
Pardonnez-moi, mylord, dans mon égarement,

Avec hésitation.

Si je demande encor...

E. TRESSILIAN.

Quoi ?

AMY.

Votre appartement,
Jusqu'à demain, c'est tout, c'est tout, je vous le jure.
Je suis bien importune, oh! mais, je vous l'assure,
Je me rappellerai cet excès de bonté ;
Je ne suis point ingrate, et votre loyauté,
A mon esprit, cher lord, sera toujours présente ;
Vous en aurez le prix. Votre âme bienfaisante,
L'obtiendra devant Dieu!

*Tressilian lui donne la clef de sa chambre; elle le re-
mercie par un signe.*

Maintenant laissez-moi.

A demain...

*Elle se dispose à monter l'escalier, et Tressilian à sortir
par la porte à droite du spectateur.*

TRESSILIAN, *à part.*
Jusque là je veillerai sur toi !

Haut.

A demain, milady...

A part.

Quelle est son espérance ?

Il sort.

AMY, *le regardant sortir.*

Il part sans murmurer. O Dieu! quelle constance!
Cœur noble et généreux! chacun doit t'estimer.
Que de vertus! O ciel! que n'ai-je pu t'aimer !

Elle descend la scène.

SCENE V.

AMY, *seule.*

Me voilà seule enfin, que devenir ? que faire ?
Seule avec ma douleur sur cette ingrate terre !
Le remords me consume. O cruel désespoir!
O regrets! ô mon Dieu! ton suprême pouvoir,
Dans la soumission et dans l'obéissance,
Chez les enfans épris de ta sainte croyance,
Se fait toujours sentir! moi, je l'ai violé!
O mon père chéri ! si je t'ai désolé,
Si mon cœur trop léger est envers toi coupable,
Le ciel sait l'en punir, le repentir l'accable !
Pardonne à ton enfant! pardonne à mon erreur !
Si je suis loin de toi tu règnes dans mon cœur !
Ton image à mes yeux en tous lieux est présente,
Et le jour et la nuit, ma prière innocente,
Mes pensers les plus purs, mes vœux les plus ar-
[dens,

Tout pour toi ! Mais on vient... craignons les im-
[prudens,
Retirons-nous sans bruit... Dans ce moment sans
[doute,
Wayland remet ma lettre: O toi, que je redoute !
Je vais t'attendre, viens! Arrive, cher époux !
Arrive, mon bonheur !

*Elle aperçoit Michel Lambourne qui entre par la porte
à droite du spectateur. Elle monte l'escalier vivement.*

SCENE VI.

E. TRESSILIAN, M^{el} LAMBOURNE.

M. LAMBOURNE, *un peu ivre.*

Vous êtes en courroux !
Pourquoi, Tressilian ? Moi, je suis sans rancune...
Imitez-moi, mon cher ! Est-elle blonde ou brune?
Répondez franchement.

E. TRESSILIAN.

Eh ! qui donc, s'il vous plaît ?

M. LAMBOURNE.

La belle que chez vous...

E. TRESSILIAN.

Comment ?

M. LAMBOURNE.

C'est très-bien fait !
Certainement, mylord ; vous connaissez mon zèle ?
Je suis de vos amis, je veillerai sur elle !
Reposez-vous sur moi, mon cher Tressilian !
Je suis de ce château le premier surveillant.

E. TRESSILIAN.

Je ne comprends, Michel, que votre impertinence ;
Qui me déplaît beaucoup, et certaine licence,
Certain air familier, qui vont mal avec moi.
Si de la surveillance on vous donne l'emploi,
On le place très-bien, il faut que j'en convienne.
Mais brisons là-dessus.

A part.

Je crains que l'on ne vienne ;
Sans doute il nous a vus dans mon appartement ;
Achetons son silence, il le faut.

*Il donne une pièce d'or à Michel Lambourne ; ce dernier,
avec un peu de surprise, la prend, l'examine, et la met
dans sa poche.*

M. LAMBOURNE.

Ah ! vraiment !
Je n'avais pas compté...

E. TRESSILIAN.

Sur une récompense.
Ecoutez-moi, Michel ; vous comprenez, je pense,
Que j'exige de vous...

M. LAMBOURNE.

Je vous comprends, mylord ;
Il est payé deux fois, quand on le paie en or.
Comptez sur mon silence, et vous et votre belle.
Comme je l'ai promis, je veillerai sur elle.
Allez...

E. TRESSILIAN.

Je me retire et compte bien sur vous

Il sort à gauche du spectateur, en donnant un regard de mépris à Michel Lambourne.

SCÈNE VII.

M^{el} LAMBOURNE.

Voyez, comme soudain il est devenu doux.
C'est étrange, vraiment, qu'après une colère
Aussi forte, aussi vive, un air aussi sévère,
Il passe, en un instant, à l'extrême douceur !
Hé bien ! cela me plaît et prouve en sa faveur.
C'est d'un bon caractère et qui convient aux [femmes.
Hé ! la vivacité plaît aussi chez les dames.
C'est un brave garçon, et je tiens le pari
Qu'il fera, quelque jour, un excellent mari !
Mais je réfléchis là, quelle est cette personne,
Qu'il tient ainsi cachée ? Ah ! petite friponne,
Lambourne te verra, car il tient à te voir.
Tu ne peux l'empêcher, étant en son pouvoir.
Sans plus tarder, montons : si sa porte est ouverte,
Observons sagement ma belle découverte.

Il monte l'escalier en trébuchant et en balbutiant.

SCÈNE VIII.

E. TRESSILIAN, WAYLAND.

Wayland arrive par la droite du spectateur, il va à Tressilian, qui entre par la gauche.

WAYLAND.

Ah ! je vous trouve enfin.

Tressilian, lui montrant Lambourne dans l'escalier, lui fait signe de parler bas.

A demi-voix.

Notre dame est ici ?

Tressilian lui fait signe qu'il le sait, et Wayland fait signe que cela suffit.

Permettez qu'à l'instant, pour finir mon souci,
Je confie à vos soins une petite lettre,
Qu'au comte Leicester, vous voudrez bien re-
De sa part, s'il vous plaît, [mettre,

Il cherche dans toutes ses poches et ne la trouve pas.

Ah ! la voilà.

Il présente à Tressilian un papier ployé qu'il croit être la lettre.

Reconnaissant que ce n'est pas elle.

Mais non.

A part.

Ah ! Flibbertigibbet ! c'est toi, mon polisson,
Qui m'auras fait ce tour...

E. TRESSILIAN.

L'aurais-tu donc perdue ?
Quelle fatalité !...

WAYLAND.

Non. Je l'ai descendue...
Ou plutôt oubliée en mon appartement.
Je vais vous la chercher ; attendez un moment...

E. TRESSILIAN.

Ne perds pas de temps, cours ; et surtout sois [fidèle ;
Je récompenserai ton admirable zèle.
Mais prends garde ! Wayland, il me vient un [soupçon,
Qui, s'il se réalise, exige une leçon
Que je me charge aussi de te donner.

Tressilian marche vivement d'un air préoccupé.

WAYLAND, *à part, un peu en arrière, du côté de la porte à droite du spectateur.*

Sans doute ;
Hé bien !... pour la donner, suivez-moi sur la [route ;
Car vous devez penser, mon respectable lord,
Que je vais à l'instant m'éclipser de ce bord,
Et que j'aime encor mieux partir sans récompense,
Que d'attendre le prix promis à ma constance.
Les grands assez souvent promettent beaucoup [plus
Qu'ils ne veulent donner ; de chez eux je m'exclus ;
Je vais en fuir si loin, que bien sûr leurs caprices
Ne pourront de long-temps mal payer mes ser- [vices.
Ingrats !... gardez votre or et vos livres sterling !
La liberté vaut mieux, même sans un schelling.
Mais quoi ! l'abandonner !...

Il se dispose à sortir à droite, il s'arrête près de l'escalier.

Elle que je révère !...

Il commence à monter l'escalier.

Si l'on m'empêche... alors je me dirai son frère ;
Je ne veux avoir rien, rien à me reprocher,
Et je veux jusqu'au bout la servir sans broncher.

Il monte entièrement.

SCÈNE IX.

E. TRESSILIAN, *seul, sortant d'une longue rêverie.*

Je crains le dénouement. Me forcer à me taire...
Quelle est donc son idée?... et que veut-elle faire?
Non, je n'y conçois rien... Je cherche vainement...
Mon faible esprit s'y perd... Je tiendrai mon ser- [ment.
Quelle position !... et quelle incertitude !...
Quel trouble dans mon cœur ! et quelle inquié- [tude !...
Tout conspire à la fois !... Wayland ne revient [pas...
Cette lettre est perdue... O ciel... j'entends des [pas !

Quelqu'un vient en ces lieux, partons sans plus
                    [attendre.
Allons chercher Wayland, afin de nous entendre.

*Il sort par la porte à droite du spectateur. Lambourne
et Lawrence entrent par la gauche.*

SCENE X.

M^{el} LAMBOURNE, LAWRENCE.

LAWRENCE.

Pourquoi traiter les gens avec tant de rigueurs ?
Dans des jours de plaisirs on bannit les fureurs ;
Il est fête au château... c'est vraiment effroyable,
D'avoir mis, sans égard, dehors ce pauvre diable !

M. LAMBOURNE.

Bah ! ce n'est après tout qu'un vil comédien,
Un maudit saltimbanque, un intrus, un vaurien.
Et pour mettre des gens semblables à la porte,
Je n'ai jamais besoin qu'on me donne main forte...
Il se nomme, a-t-il dit, Wayland, escamoteur ;
Et voulait, malgré moi, monter pour voir sa sœur ;
Cette charmante enfant... la belle bien-aimée !...
Que saint Tressilian tient chez lui renfermée.
Crois-moi, Richard Varney sera content du tour,
Et récompensera nos services un jour.
Monte, et fais bien veiller que la jeune fauvette
Ne nous échappe pas, et l'affaire est complète.

              Lawrence monte l'escalier.

Voyons de mon côté, si tout dans le château,
Va selon mes désirs...

          S'en allant à gauche du spectateur.

        Quel emploi ! quel fardeau !...

*On entend des clairons sonner, des fanfares dans le loin-
tain. Il écoute.*

Quelle est cette musique encore assez lointaine ?
Des clairons !... Ah ! sonnez en l'honneur de la
                    [reine !...
Bravo ! plaisirs sans fin !... je vais me divertir,
Et boire de bons coups, je le puis garantir !...

Il sort à gauche du spectateur en courant et trébuchant.

ACTE QUATRIEME.

*Le théâtre représente le jardin du château de Kénilworth. A droite du spectateur une petite allée d'arbres formant bos-
quet, sous cette allée, dans le fond, on voit une colonne de pierre, près de laquelle est une fontaine à l'entrée d'une
grotte. A gauche du spectateur, la façade du château. Sur le devant de la scène, du même côté, la tour de Mervyn ;
dans différentes parties du jardin, des statues représentant des divinités du paganisme.*

SCENE PREMIERE.

AMY, *sortant de la tour de Mervyn et entrant en
scène comme une personne effrayée.*

Tu me poursuis partout, remords impitoyable !...
Dieu ! quelle horrible nuit et quel songe effroya-
                   [ble !...
Oui, j'étais à Cumnor, de mon appartement,
J'observais dans le parc, avec frémissement,
Une jeune brebis, par deux loups poursuivie ;
Ils l'atteignent ; l'un d'eux ne voulait pas sa vie ;
Mais l'autre, plus méchant, avec férocité,
L'égorge et la dévore avec avidité !...
Des nuages épais, couvrent soudain ma vue ;
Je tombe de frayeur !... Quelle chose imprévue !
A peine si mes yeux aperçoivent le jour,
Je tourne mes regards du côté de la cour ;
O surprise !... je vois, comme dans les ténèbres,
La brebis, les deux loups et deux convois funèbres !
Un cortège nombreux, tout en habits de deuil,
Les suivait en pleurant... Je descends sur le seuil,
Je sors, tout disparaît ! le jour devient plus sombre,
Et je n'aperçois plus de tout cela que l'ombre !...
Les deux loups cependant reparurent bientôt,
Et la pauvre brebis vint près d'eux aussitôt.
La brebis, c'était moi... les loups, ces deux in-
                    [fâmes !...
Et Foster et Varney, l'auteur de tous mes blâmes !...
Encore furieux, Varney, toujours cruel ;
Ordonnait mon trépas. Je cours vers un autel...
Nous étions dans un temple où se trouvait mon
                    [père...
O mon Dieu !... pour mon cœur, quelle douleur
                    [amère !...
Il me prend dans ses bras, il m'inonde de pleurs ;
Me reproche ma fuite, objet de ses douleurs !...
Puis soudain, reprenant l'air grave, inaccessible,
Me repousse avec force et d'une voix terrible :
« Va, perfide, a-t-il dit, je t'abandonne au sort ;
» Ton déshonneur m'oblige à désirer ta mort ! »
Alors sur moi Varney s'élance avec colère ;
Me perce d'un poignard !... Un ange tutélaire
Apparaît à l'instant, il vole à mon secours !...
Il arrive trop tard, c'était fait de mes jours !...
De ce traître regret me voyant la victime,
Je veux fuir, sous mes pieds il s'entr'ouvre un
                    [abîme !...

J'y tombe, et dans ma chute, à mon étonnement,
J'entraîne le barbare en ce même moment.
Le sommeil me quittant, j'ouvre un peu mes pau-
                                    [pières;
Je crois voir à genoux, récitant des prières,
Consternés et pleurant, tout autour d'un tombeau,
Sur lequel paraissait des agneaux le plus beau,
Mon père, mon époux, Tressilian, des prêtres,
Et la reine, en faveur du nom de mes ancêtres,
Pleurait près du tombeau !... Quelqu'un vint lors
                                    [l'ouvrir,
Je ne vois rien dedans... Contente de mourir,
Lasse enfin, d'une vie à moi-même importune,
N'espérant pour tout bien qu'une longue infor-
Je my jette, aussitôt il se ferme sur moi; [tune,
J'entends avec des cris, le lugubre beffroi,
Dont les tintemens sourds sortent de dessous
                                    [terre;
Et je finis ce songe en embrassant mon père.
Mais pourquoi m'attrister sur un rêve imposteur,
Que le sommeil produit dans nos momens de peur?
La splendeur de ces lieux, ces arbres, leur om-
                                    [brage,
Les oiseaux au lointain dont j'entends le ramage,
Semblent me convier à calmer mon esprit :
L'espoir de mon bonheur ici semble être écrit:
Ce château m'appartient, ce jardin magnifique,
Et cette grotte, ainsi que sa fontaine antique,
J'en suis seule maîtresse ! Oui, j'y peux comman-
Te peux-tu, malheureuse, ainsi persuader ? [der !
Toi, commander ici !... toi, qui crains de paraître !
Toi, qu'un dernier valet peut renvoyer, peut-être,
Qui viens dans un réduit de cette horrible tour,

Elle montre le haut de la tour de Mervyn.

Quand chacun reposait en attendant le jour,
De passer une nuit, tremblante, abandonnée,
Comme une vile esclave en ses murs confinée,
Recherchant, presque en vain, la douceur du repos,
Et d'un heureux sommeil les suaves pavots;
Et tu veux commander ? tu veux être maîtresse?
Cache-toi bien plutôt, rougis de ta faiblesse !
Et ne te flatte pas qu'un sévère destin
Brise, pour te servir, son bandeau ce matin !

On entend dans le lointain le son de plusieurs cors son-
nant la fin d'une chasse. Quelques personnes paraissent
dans le fond du jardin, et causent ensemble.

Ah! du son de ces cors la bruyante harmonie
Fait palpiter mon cœur ! La chasse est donc finie?
J'espère! oh! oui, j'espère avant peu le revoir !
Il le faut, il peut seul calmer mon désespoir.

On entend sonner la grosse cloche du château. Le nombre des personnes augmente peu à peu dans le jardin.

O Dieu! quel triste son vient frapper mon oreille?
Cette nuit... dans mon rêve... une cloche pareille
Dans les airs élançait ses sons mornes et froids.
Qu'en dois-je présager?

Leicester et la Reine paraissent dans le fond. Amy, qui
s'est retournée, aperçoit son époux dans un riche costume de chasse.

Ah! c'est lui que je vois !

Le présage est heureux, je n'ai plus rien à crain-
Mais comment l'aborder ?   [dre.

Elle se retire sous l'allée d'arbres.

Je n'ai jamais su feindre.
Il vaut mieux qu'à ses pieds...

Elle voit Leicester, auquel la Reine donne le bras, s'avan-
cer sur le devant de la scène.

Une femme avec lui !

Elle pénètre plus avant sous l'allée d'arbres.

Ah ! je vais m'éclaircir sur mon sort aujourd'hui !
Retirons-nous un peu. Je tremble à son approche.

Elle est tout-à-fait entrée et tout près de la grotte ; elle
s'appuie à la colonne près de la fontaine ; pensive et
triste, elle prête de temps en temps l'oreille pour
écouter parler son époux. Ennuyée de ne pouvoir rien
entendre, elle s'assied sur un banc de gazon, au pied de
la colonne et reste rêveuse jusqu'à la fin de la scène.

SCENE II.

LA REINE, LEICESTER, AMY.

LA REINE.

On ne vous peut, cher comte, adresser nul reproche,
Comment, mais tout vraiment me paraît merveil-
                                    [leux ;
Tout est du meilleur goût, et le bal, et les jeux.
Non, mylord, je ne puis parler d'autre manière;
Ou j'en imposerais ; mais changeons de matière.
Que pensez-vous du choix de nos trois chevaliers?

LEICESTER.

Je pense que ce sont trois fort beaux cavaliers.
Le mien, reine, surtout.

LA REINE.

Il est vrai que le vôtre,
Le sir Richard Varney, n'est pas mal, et le nôtre,

A part.

Ou plutôt, elle est fine, et le tour excellent.

Haut.

Celui qu'a su choisir la duchesse Rutland ;
Enfin, Walter Raleigh, est fort bien, ce me semble;
Eh !... Raleigh et Varney, peuvent aller ensemble !
Mais c'est ce pauvre Blount, avec son air guindé,
Je l'ai fait chevalier sans qu'il m'ait regardé.
Il n'était occupé que de ses rubans jaunes;
Ses souliers, pour leur part, en ont plus de deux
                                    [aunes.
C'est le choix de Sussex, il est fort délicat.
Du reste, il est, dit-il, un très-brave soldat.
D'une famille encore ancienne et respectable;
Et je ne m'en veux pas d'être reine équitable;
C'est ainsi que toujours doivent être les rois.
Les voilà cependant chevaliers tous les trois;
Par la grâce de Dieu, de diverses personnes,
Et par les droits surtout accordés aux couronnes.
Mais avec vous, Dudley, je parle à cœur ouvert ;
Hé bien !... à mon esprit un soupçon s'est offert :
Sans vouloir m'ériger en trop sévère arbitre,

Vrai, je crains que Richard, ne déshonore un titre
Que j'ai, pour vous complaire, à regret accordé.

LEICESTER.

Non. Reine, croyez-moi, j'en suis persuadé:
Mais laissons là Richard, et ce qu'il pourra faire.
Vous pourrez bien toujours punir un téméraire.
Parlons de vous!... de vous, l'ange consolateur;
Vous l'orgueil d'Albion, presque son rédempteur?
Son protecteur divin, sa suprême maîtresse!...
Belle de tous les dons, qui parent la jeunesse,
Voulez-vous, vierge encore, arriver au tombeau,
Seule de vos états porter le lourd fardeau?...
A taire votre choix quel motif vous oblige?...
Il faut vous déclarer, votre bonheur l'exige :
Entre nos premiers lords qui briguent votre main,
Sans nul retardement nommer un souverain.
Je suis loin d'aspirer à cet honneur, sans doute;
Si pourtant l'amitié nous mettait sur la route,
J'oserais espérer, sinon vous conquérir,
Du moins à ce beau prix de pouvoir concourir;
Mais l'amitié, l'amour, le respect et les larmes
Pour conquérir des cœurs sont d'impuissantes ar-
Le regard quelquefois d'un œil indifférent [mes,
Touche bien plus notre âme, est bien plus péné-
Et... [trant;

LA REINE.

Vous êtes ingrat, Dudley, je vous l'avoue!...
Il est un seul mortel à qui je me dévoue,
Un seul que je chéris, que j'admire en tous lieux!
Qui fait battre mon cœur, si fier!... si glorieux!...
Maître, jusqu'à ce jour, de ces passions folles,
Dont les faibles humains font leurs saintes idoles!
Que vous connaissez mal les désirs de mon cœur;
Qu'il est faible, cher comte, aux yeux de son
[vainqueur!...
Sa fierté disparaît, et mon front moins sévère...
Mais du peuple, mylord, je dois rester la mère.
Et ces charmans liens, qui dans tout autre sang
Procurent le bonheur, sont exclus de mon rang;

LEICESTER.

Mais pourquoi, vous maîtresse, auguste souve-
Sur un sujet pareil... [raine,

LA REINE.

Votre supplique est vaine.
Non, je ne puis, Dudley, disposer de ma main;
Je dois subir l'arrêt d'un sort trop inhumain.
Ne me pressez donc plus. Si, comme le vulgaire,
Nous pouvions rechercher tout ce qui peut nous
[plaire,
Qu'on laissât notre cœur se choisir un époux;
Oui, peut-être qu'alors...

LEICESTER.

Et qui choisiriez-vous?...

LA REINE.

Je ne puis... Laissez-moi, laissez-moi, je vous prie,
Seulement un instant seule à ma rêverie.

LEICESTER.

Peut-être mon discours vous paraît déplacé?...

LA REINE.

Non.

LEICESTER.

Croyez que mon cœur, reine, n'a pas pensé?...

LA REINE.

On vous croit. Cependant, puisque je le désire,
Allez. Pour un moment...

*Amy s'est avancée un peu, elle prête l'oreille avec atten-
tion.*

LEICESTER.

Reine, je me retire.

AMY.

La reine!... douce erreur!...

Elle retourne où elle était.

LA REINE.

Veillez bien qu'en ces lieux
Nul ne porte ses pas ...

*Leicester fait le signe affirmatif, et s'éloigne lentement à
la gauche du spectateur. La Reine l'observe s'éloigner.*

Quel air majestueux!...
Le voici ce mortel pour qui brûle mon âme;
Plus je le considère, et plus mon cœur s'enflamme,
Sa vie est exemplaire... Et sa noble fierté,
Ne démentirait pas ma haute dignité;
Il est parfait en tout, et, chacun le remarque,
C'est le seul de nos lords digne d'être monarque.
Entrons dans cette allée, afin d'y réfléchir.
Elle paraît déserte, allons la parcourir.

*Elle va très-lentement sous l'allée d'arbres où est Amy;
cette dernière s'appuie à la colonne, et reste sans mouvement.*

~~~~~~

SCÈNE III.

LEICESTER, R. VARNEY, LA REINE, AMY.

R. VARNEY, *sortant du château et s'avançant vers
le comte Leicester.*
Salut à Votre Majesté...

LEICESTER.

Tu deviens fou, je pense...
C'est ton titre nouveau qui cause ta démence;
Je le gage, Varney...

R. VARNEY.

Je ne crois pas, mylord.

LEICESTER.

La chose est impossible...

R. VARNEY.

Et si pourtant la mort...

LEICESTER.

Qu'entends-tu par ce mot...

R. VARNEY.

J'entends que la comtesse
Est malade, et malgré qu'elle ait de la jeunesse...
Elle est assujettie à la commune loi ;
Et par un prompt décès...

LEICESTER.

J'entends... retire-toi.
Ton projet est hardi; mais tu l'es plus encore
D'oser le révéler... Quoi!... celle que j'adore!...

La seule qui mérite et possède mon cœur;
L'assassiner, Varney !... Va, tu me fais horreur !...
Retire-toi, te dis-je, ou crains que ma colère...

Varney le salue humblement et se dispose à se retirer.
La Reine s'assied sur un banc de gazon, et semble ré-
fléchir.

LEICESTER à p rt.

Mais il me peut trahir, soyons donc moins sé-
[vère...
Haut.

Arrête : j'ai besoin d'une explication :
Dis-moi, si tu le sais, quelle est l'intention,
De lord Tressilian, d'être, aux yeux de la reine,
Venu dans un costume à mériter sa haine ?...
Espérait-il par là se rendre intéressant ?...
Inspirer la pitié d'un jeune adolescent
Qu'abandonne au destin sa maîtresse infidèle ?...
Qui, par excès d'amour, perd sa raison pour elle?
Parle.

R. VARNEY, *souriant.*
Non, non, mylord, et je ne pense pas,
Que la perte d'Amy le conduise au trépas.
Je sais qu'à l'oublier son âme s'évertue,
Et ne crains point vraiment que la douleur le tue.

Confidentiellement.

Pour bannir ses ennuis, il a pris un moyen
Admirable !...

LEICESTER.

Eh ! lequel ?...

R. VARNEY.

Il est d'un bon chrétien,
Et part bien de ces gens à bonne renommée.
Il tient dedans la chambre, avec lui renfermée,
La sœur d'un histrion...

LEICESTER.

Ah !... le tour est plaisant !...
C'est sans gêne en user... Je suis très-complai-
[sant,
Et je ne veux en rien le troubler, l'hypocrite !...
Il est bon de connaître au juste son mérite,
Afin de le pouvoir quelque jour démasquer,
Il ne faut point pourtant le faire remarquer,
Pour la reine, pour moi, pour Sussex que j'ho-
[nore,
Il ne faut pas qu'il croie aussi que je l'ignore...
Sois discret cependant, je l'exige, et surtout,
Veille bien sur ses pas et me préviens de tout.

Varney rentre dans le château. Leicester va rejoindre les
personnes qui se promènent au fond du jardin.

SCÈNE IV.

LA REINE, AMY.

LA REINE.

Mon aspect, mon enfant, ne peut qu'être agréable
Cependant votre trouble est assez excusable,

De plus hardis que vous ont tremblé devant moi;
Allons, remettez-vous, d'un aussi vif émoi.

Amy se jette aux genoux de la Reine.

Qu'avez-vous, mon amie ?

A part.

Elle me touche l'âme.
Haut.

Que voulez-vous ? Parlez.

AMY, *avec hésitation.*
Hé bien !... contre un infâme !
Votre protection...

LA REINE.
Vous l'aurez, levez-vous,
Levez-vous, pauvre enfant !...

AMY.
Non, madame, à genoux.

La Reine la relève. Elles font quelques pas sur le devant
de l'allée.

LA REINE.
Mais qui peut, dites-moi, vous avoir offensée ?..
Ne me déguisez rien, je me suis avancée,
Je tiendrai ma parole envers vos offenseurs,
Et vous promets pour eux.. Mais arrêtez vos pleurs,
Calmez ce noir chagrin, c'est moi qui vous en
Nommez-les, quels sont-ils ?   [prie !..

A part.

Je suis toute attendrie !
AMY.
Hélas ! un seul, madame, un seul...
LA REINE.
Nommez-le moi ;
AMY.
Varney...
LA REINE.
Comment, Varney ?...
AMY, *tressaillant.*
Pardonnez mon effroi,
Il menaçait mes jours, j'étais sa prisonnière,
J'ai fui, j'ai dû le fuir, écoutez ma prière ;
Mon espoir est en vous, dans vos mains est mon
[sort.
De vous seule j'attends ou la vie ou la mort...
Mais que dis-je, insensée? Ah! vous voyez ma peine,
Mon trouble, mon tourment, oh! pardon, pardon
Je ne puis...   [reine,
LA REINE.
Je devine... et du brave Robsart,
C'est toi, l'aimable enfant... sans attendre plus
[tard,
Apprends-moi le sujet de ta douleur amère.
Ta jeunesse imprudente a trompé ton vieux père,
Joué Tressilian pour une passion,
Tu le fais voir assez par ta confusion;
Et comme il faut toujours suivre sa destinée,
Ton cœur n'hésita pas pour un doux hyménée,
Et fit choix de Varney pour ton fidèle époux.
AMY.
Mon époux, lui, Varney! l'objet de mon courroux!

J'en atteste le ciel et le Dieu qui m'écoute,
Non, jamais de mon cœur il n'a connu la route!
Loin de moi cet hymen, loin de moi son flambeau!
Car plutôt qu'être à lui, mieux vaudrait le tom-
          LA REINE.   [beau.
Quel est donc ton époux?... Tu restes interdite!..
Réponds-moi, quel est-il? Le trouble qui t'agite.
Réveille dans mes sens un horrible frisson,
Jette dans mon esprit un funeste soupçon;
Mais parle : quel est-il?... il faut que je le sache.
               AMY, *à part.*
O Dieu!...

               Haut.

     C'est un secret...
          LA REINE.
                    Qu'il faut que je t'arrache;
Quel est-il?
          AMY, *reculant effrayée, à part.*
          Que lui dire?...

               Haut.

               Hé bien!... de Leicester...
          LA REINE.
Leicester!... que dis-tu?... Son honneur nous est
                              [cher;
Réfléchis bien!... Surtout évite l'imposture!...
          AMY, *tremblante.*
De Leicester sait tout.
          LA REINE.
               Chétive créature!
Tu veux l'injurier!... tu mens!...
          AMY.
               Je ne mens pas.
LA REINE, *entraînant Amy au milieu de la scène;*
les personnes qui se promènent au fond du jar-
din s'approchent d'elles.
Alors, viens, devant lui je vais guider tes pas!...
Que l'on cherche à l'instant Leicester; qu'il pa-
                              [raisse;
Il possède un secret qu'il faut que je connaisse;
Qu'il faut que j'éclaircisse aussi pour son hon-
                              [neur!

Au Comte qui s'avance lentement du fond, causant avec
une dame; il est très-gai.

Approchez...

               Tout le monde s'éloigne un peu.

ʌʌʌʌʌʌʌʌʌʌʌʌʌʌʌʌʌʌʌʌʌʌʌʌʌʌʌʌʌʌʌʌʌʌʌʌʌʌ

SCENE V.

LES MÊMES, LEICESTER.

          AMY, *à part.*
Prends pitié, mon Dieu, de ma douleur!
          LA REINE, *à part.*
Observons si le calme en lui va disparaître.
Au Comte, lui montrant Amy, qui se trouve à côté d'elle,
et qu'elle empêchait qu'il ne vît.
Vous connaissez, mylord...

LEICESTER, *dont les regards se rencontrent avec*
ceux de son épouse.
               Ah!...
          AMY.
               Ah!...
          LA REINE.
                    Tu n'es qu'un traître!
Ah! tu me trahissais!... tu te jouais de moi!...
Moi, ta meilleure amie! et qui croyais à toi!...
Quand, tout-à-l'heure encor, ma lâche complai-
                              [sance
A tes soupirs menteurs prêtait son indulgence;
Quand mes yeux recherchaient de tes infâmes
                              [yeux
Les regards imposteurs autant qu'audacieux!..
Tu trompais donc, ingrat!... mais calme, mais
                              [tranquille,
Par d'horribles détours, mon esprit trop facile?
O voyage cruel!... indigne trahison!
Mon espoir est détruit!...

               À Leicester.

               Tu m'en rendras raison.
Tu demeures confus à cette perfidie,
Aussi basse et plus basse encore que hardie.
Ton triomphe était beau, lâche, trop déloyal!...
Mais ton échec, crois-moi, sera bien plus fatal!
Tremble que mon courroux, pour terminer la fête,
Aux bourreaux furieux n'abandonne ta tête!
          AMY, *à part.*
Juste ciel!... c'est pour moi qu'on menace ses
                              [jours!...
Mon Dieu! pour le sauver, viens, viens à mon
          LEICESTER.   [secours!
Pour que ma tête tombe, aimable souveraine,
Il faut l'arrêt des pairs.
          LA REINE.
               Il suffit de ma haine!
          AMY, *se jetant aux pieds de la reine.*
Mais il est innocent, oui, madame, innocent!...
Et sa grâce à vos pieds...
          LEICESTER, *relevant Amy.*
               Ce trait m'est offensant;
Madame, levez-vous. L'action est trop noire;
Laissez à ma fierté tout le soin de sa gloire!
          LA REINE.
Mais s'il est innocent, tu me mentais alors?
Qui l'aurait pu penser à ces charmans dehors,
A cet air si naïf?... Et moi, faible et crédule,
J'ai cru le faux semblant d'un discours ridicule!
Que dis-je? plus encore, exécrable et trompeur!
Comme affectait la fourbe une feinte douleur!
Tu n'as jamais des rois éprouvé la colère?
Mais tu vas la sentir, rien ne t'y peut soustraire.
Comte, pardonnez-moi mon aveugle transport;
Mes injustes soupçons, conçus d'un faux rapport,
De sévir contre vous je n'eus jamais l'envie!...
J'en vais laver l'injure aux dépens de sa vie.
          AMY.
Pour peu qu'elle vous plaise, ordonnez mon trépas;
J'ai la vie en horreur!.. On ne me verra pas,
Madame, murmurer en marchant au supplice;

Soumise à vos bourreaux, comme à votre justice,
Je les veux étonner et les faire frémir
Par mon respect pour eux qui me feront mourir!...

LEICESTER, *furieux.*

Je ne souffrirai pas...

SCENE VI.

LES MÊMES, R. VARNEY.

Amy fait un mouvement d'horreur à l'aspect de Varney.

R. VARNEY, *accourant, se jette aux genoux de
la reine.*

Ah! pardonnez au comte,
Madame; vous voyez ma douleur et ma honte;
Sur moi seul doit tomber votre juste courroux,
Mon maître est innocent, je le jure à genoux.
Moi seul, je suis coupable!...

AMY.

Otez-moi, je vous prie,
De devant cet infâme, et dont la fourberie
Pourrait anéantir mon reste de raison.
Traînez-moi dans les murs d'une horrible prison.
Loin de lui! loin de lui!... La force m'abandonne.

Elle se trouve mal. Plusieurs dames de la suite de la reine
la soutiennent, et la reine elle-même s'empresse à lui
donner du secours.

R. VARNEY, *bas à Leicester, lui montrant la chambre de Tressilian, puis Amy qu'on entre dans
le château.*

De lord Tressilian, c'était là la personne.

Leicester fait un mouvement de surprise.

LA REINE.

Avec nous, sir Varney, rentrez dans le château,
Afin de m'éclaircir cette affaire au plus tôt.

Elle fait signe à Leicester de les suivre, il les suit jusqu'à
la porte, et revient en scène.

SCENE VII.

LEICESTER, FLIBBERTIGIBBET, *puis*
E. TRESSILIAN.

Flibbertigibbet paraît au fond, et se cache derrière un
arbre et écoute.

LEICESTER.

L'ai-je bien entendu? mon épouse infidèle!...
On a trompé Varney... Non, je connais son zèle;
Il se sera lui-même assuré par ses yeux.
Ah! lord Tressilian!... Le hasard en ces lieux
A propos le conduit. Comme il paraît tranquille!
C'est horrible vraiment!... Voyez quel air docile!
On croirait voir un sage à ce noble maintien.

E. TRESSILIAN.

Je vous viens demander un moment d'entretien,
Pour vous révéler, comte, un important mystère.
Vous avez, je le sais, un noble caractère.
J'en ai conçu, mylord, l'espoir qui me conduit.
J'ose donc espérer que ce soir, à minuit,
Dans votre appartement, seuls une demi-heure...

LEICESTER.   [demeure,

Non. Ce n'est pas, mylord, chez moi, dans ma
Qu'il nous faut expliquer. A la face des cieux
Seuls, vous me l'avez dit, à minuit, dans ces lieux!

Il lui montre le fond du jardin.

E. TRESSILIAN.

Ce courroux me surprend, j'ignore votre idée;
Mais n'importe, ma vie y serait hasardée;
Je m'y rendrai, mylord.

LEICESTER.

A ce soir!...

E. TRESSILIAN.

A ce soir!...

Ils entrent dans le château, chacun par une porte diffé-
rente.

FLIBBERTIGIBBET.

Diable! c'est sérieux!... Moi, je dis: au revoir.
C'est comme un fait exprès, cette maudite lettre,
Je cours de tous côtés pour la pouvoir remettre;
Hé bien! je cours en vain; mais je vous attendrai,
Et dans ces lieux, mylord, ce soir vous la rendrai.
Elle me fait assez craindre ma destinée;
Si j'eus cru que pour vous elle fût destinée,
Elle ne serait point sûrement dans mes mains;
Wayland pour vous la rendre eût cherché les
                                    [chemins.

Il court au fond du jardin, et semble chercher un endroit
propice pour se cacher.

ACTE CINQUIEME.

Premier Tableau.

Le théâtre représente une salle du château de Kénilworth, grande porte dans le fond et deux croisées, l'une à droite, l'autre à gauche de la porte ; on aperçoit le jardin. Deux portes latérales. Une pendule sur une cheminée à droite du spectateur; à gauche une table sur laquelle sont des lumières. Un secrétaire aussi à gauche. Il est onze heures et demie du soir.

SCENE PREMIERE.

Au lever du rideau, le comte de Leicester arrive précipitamment par l'une des portes latérales.

LEICESTER, *seul, toujours en habits de chasse; il a une épée en place du couteau qu'il avait à l'acte précédent.*

On ne peut soupçonner le but de mon absence ;
Je dois changer d'habits pour paraître à la danse.
La reine est engagée, et ne peut pas prévoir
Que j'aie un rendez-vous qu'exige mon devoir.
Quoi? vous, ingrate Amy, si douce, si candide!
Non, mon cœur se refuse à la croire perfide ;
J'insulte à ses vertus, à ses divins appas ; [pas.
Les anges sont moins purs !... Non, elle ne l'est
Varney, tu m'as trompé !... Mais ta mort est pro-
                              [chaine,
Si tu ne donnes point une preuve certaine.
Tu la hais, je le sais; car dans tous tes discours,
Pour la calomnier, tu prends mille détours :
Tu m'étales d'abord, par une feinte adresse,
L'amour qu'elle a pour moi, sa vertu, sa tendresse;
Mais toujours tu finis tes discours imposteurs
En peignant ses défauts plus grands que ses dou-
                              [ceurs! ..
Je vais enfin la voir, un peu de patience;
Je lirai dans ses yeux le crime ou l'innocence.
Jamais, de l'artifice un cœur né vertueux
Ne connaît les chemins, les sentiers tortueux;
Sa plus faible action est exempte de trouble;
Je vais examiner si mon aspect la trouble,
C'est un témoin pour moi très-précieux, très-sûr;
Il a fait découvrir plus d'un forfait obscur,
Et je ne doute pas, qu'en délateur sincère,
Il ne montre à mes yeux mon épouse adultère.
Mais fuyez loin de moi, soupçons trop odieux !...
Amy n'est pas coupable !... On avance en ces lieux !
Ce doit être Varney.

SCENE II.

LEICESTER, R. VARNEY.

LEICESTER, *gravement.*
      Mon épouse vient-elle?
R. VARNEY.
Pour la première fois, à vos ordres rebelle,

Elle n'a pas voulu, mylord, suivre mes pas.
Elle a l'air bien souffrant, je crains que du trépas
La comtesse ne soit plus proche qu'on ne pense.
Et pour vous seul il est de la dernière urgence
D'obliger votre épouse à quitter Kénilworth,
Pour rejoindre au plus tôt le château de Cumnor.
Songez à ces discours de vous avec la reine!...
Qu'elle apprenne vos nœuds, votre perte est cer-
      LEICESTER.   [taine.
Tu me gagnes toujours par tes raisonnemens.
Que tu sais bien, Varney, discerner les momens,
Où tous mes déplaisirs, me rendant plus sévère,
Sont près de t'écraser du poids de ma colère.
Je me rends à tes vœux, ton discours me séduit,
Oui, je veux qu'elle parte et même cette nuit.
Mais pour l'accompagner, dis-moi, qui dois-je
      R. VARNEY.   [prendre?...
Il n'en est qu'un, mylord, qui puisse l'entre-
                          [prendre,
Sans que vos intérêts se trouvent compromis;
Un seul, et qui se met au rang de vos amis.
      LEICESTER.
Mais enfin, quel est-il?...
      R. VARNEY.
            Moi, mylord ; car je pense
Qu'un tiers ne peut entrer dans cette confidence,
On la croit mon épouse, et sans redouter rien,
Nous partons cette nuit ; c'est le plus sûr moyen;
Il éteint les soupçons que peut avoir la reine ;
Vous accroît ses faveurs... au trône vous amène !
      LEICESTER.
Mais tais-toi sur ce point...
           A part.
                 Il a pourtant raison,
Et moi qui l'accusais de lâche trahison.
     Haut.

Va, pour votre départ préparer au plus vite
Tout ce qu'un tel voyage en ce cas nécessite.

Varney, comme s'il allait sortir, passe derrière le Comte, et empêche qu'il ne soit vu par Amy, qui entre.

SCENE III.

LES MÊMES, AMY.

AMY, *en dehors à une femme qui l'accompagne.*
Ne vous éloignez pas; car dans quelques in-
                    [stans...

Apercevant Varney.

Encor toi, scélérat !...

R. VARNEY, *à part.*

                    O fâcheux contre-temps !...

LEICESTER, *à part.*

Il m'en imposait donc ?... Démon qui me gou-

AMY.   [verne !...

Tes horribles desseins...

LEICESTER.

                    Le blâme me concerne,

Madame, et c'est à moi qu'on le doit adresser.

AMY, *courant à Leicester, lui saute au cou, l'embrasse avec effusion.*

Ah ! c'est toi, cher Dudley !... laisse – moi t'em-

Encore mon ami !... toujours !...   [brasser !...

R. VARNEY, *à part.*

                    Elle m'échappe !...

O ma proie !...

         Il sort un petit paquet de sa poche.

            Une preuve, enfin je la rattrape !

LEICESTER, *à demi-voix.*

Varney, son cœur est pur, on t'a mis dans l'erreur !

R. VARNEY, *avec ironie.*

C'est possible, mylord...

                    A part.

                    Lorsque je suis porteur...

Quand j'ai la preuve en mains... Mais non, il faut

AMY.   [me taire...

Mon chagrin, près de toi, me semble imaginaire ;

Il s'efface à la vue. Observe dans mes yeux,

Le plaisir y succède et j'ai l'air plus joyeux !...

Mais tu restes, Dudley, bien froid à mon ivresse !

Ne suis-je plus l'objet de ta vive tendresse ?...

LEICESTER.

Je t'aimerai toujours !... Mais quel brûlant désir...

AMY.

Pour chercher le bonheur j'ai dû désobéir !...

Loin de toi, Leicester, le chagrin me consume !...

Mon cœur, loin de ton cœur, s'abreuve d'amer-

                    [tume !...

Ma vie est ton amour, ton amitié, ta foi !...

Et, j'aime mieux mourir, que de vivre sans toi !.,.

Oh ! que m'a fait souffrir notre triste entrevue !...

Que j'éprouvais de peine et de joie à ta vue !...

Ai-je bien fait, dis-moi, de taire notre hymen ?...

Cette inspiration vient de l'esprit divin,

Oui, mon cher Leicester, Dieu me l'a suggérée !...

LEICESTER.

Je rends grâces à Dieu ! Qu'il t'a bien inspirée !...

Un mot de plus, Amy, je me voyais perdu,

Prisonnier dans ces murs, et peut-être pendu !...

AMY.

O mon Dieu ! moi, te perdre !...

LEICESTER.

                    Et je ne sais encore,

Si je dois être sûr... Oh ! mais ton cœur ignore,

Il ne peut pas savoir que ta présence ici

M'expose à des dangers !... que tu les cours aussi !

Qu'il suffit d'un instant pour nous pouvoir sur-

                    [prendre ;

Que la mort est le prix qu'il nous en faut at-

                    [tendre ;

Car nous ne pouvons rien contre un pouvoir royal.

AMY.

Quoi !... mon aspect, Dudley, serait assez fatal !...

LEICESTER.

Mais tu nous peux sauver...

AMY.

                    Parle : que faut-il faire !?..

J'affronterai la mort, Leicester, pour te plaire !...

LEICESTER.

Partir cette nuit même et te rendre à Cumnor.

AMY.

A Cumnor !... Oh ! non, non, je ne le puis, mylord,

Je n'y peux retourner... Mais juste ciel !... que

                    [dis-je ?...

Vos jours sont exposés, votre bonheur l'exige,

Commandez, et je pars, sans nul retardement.

LEICESTER, *montrant Varney.*

Vous connaissez pour moi, son parfait dévoûment,

Sous le titre d'époux, il va seul vous conduire.

AMY.

A me plaindre de vous, me voulez-vous réduire ?...

Est-ce vous que j'entends ?... Vous ne rougissez

                    [pas

D'un si honteux dessein... d'un conseil aussi bas ?..

De mon honneur, votre âme est donc si peu ja-

                    [louse !...

Mais, songez-vous, mylord, que je suis votre

                    [épouse ?...

Quoi !... vous osez, Dudley, sur un sujet pareil,

Me donner, sans frémir, un si lâche conseil ?...

Que je passe aujourd'hui pour l'épouse d'un autre,

Et que je prenne un nom, qui ravale le vôtre ?...

Oui, de votre valet, du plus vil des humains,

Celui qui des forfaits connaît tous les chemins ;

Oh ! je le juge bien ! son âme m'est connue ;

Mais au plus haut degré sa fourbe est parvenue ;

Et je dois... Mais non, non, laissons à l'Éternel,

Le soin de dévoiler un monstre, un criminel !...

R. VARNEY, *à part.*

La mort d'un de nous deux me semble nécessaire.

LEICESTER.

Madame, quel motif ?...

AMY.

                    Mylord, je le dois taire.

Seulement avec lui je ne m'y rendrai pas,

A moins que par la force on n'y traîne mes pas !...

         Varney et Leicester semblent réfléchir.

         A part.

La lettre qu'à Wayland hier pour lui j'ai remise,

Il ne l'a pas reçue... O funeste entreprise !...

Si je lui révélais !... Non, malgré mon ennui,

Attendons que ma lettre arrive jusqu'à lui.

R. VARNEY, *à part.*

Par la force... Eh bien !... soit... dans peu d'in-
[stans , peut-être !...

LEICESTER.

Je voudrais, mylady, comme vous le connaître ;
Mais jusques à ce jour, fidèle serviteur ,
Je ne puis l'avouer criminel , imposteur...
Mais il faut terminer cette triste aventure ;
Par mon titre d'époux, Amy, je vous l'adjure,
Bien plus, je vous l'ordonne... il me faut obéir !...

R. VARNEY , *à part.*

Je la tiens, maintenant, je saurai la punir.

LEICESTER.   [vie !

Mon honneur, après vous, m'est plus cher que la
De le conserver par c'est ma plus grande envie !
Il peut être sauvé par votre prompt départ.
Partez avec Varney, mais partez sans retard...

AMY.

Non, je n'obéis pas, je viole votre ordre,
Quel que soit le péril, quel que soit le désordre ;
Cherchez dans votre esprit un plus noble moyen.
Pour sauver votre honneur dois-je exposer le
[mien ?

Quand j'aurai parcouru la nuit avec ce traître,
Voudrez-vous pour épouse encor me reconnaître ?
Si l'honneur vous est cher, comme vous l'avez dit,
Non, vous ne pourriez plus m'admettre en votre

LEICESTER.   [lit.

Vous y serez toujours, Amy, la bienvenue.

R. VARNEY, *avec ironie.*

Madame est contre moi beaucoup trop prévenue,
Pour que j'ose espérer de son attention ;
Je crois que cependant ma proposition
Pourrait lui convenir, lui paraître agréable,
Edmond Tressilian, beau gentilhomme, aimable,
Pourrait l'accompagner...

LEICESTER, *portant la main à son épée.*

Tais-toi, Varney, tais-toi,
Ou crains que mon courroux n'oublie enfin la loi!

S'adressant à Amy.

Puisque vous insistez à me perdre, madame...

AMY.

Je vous crois le jouet d'une honteuse trame,
Je vous en veux tirer, si je le puis, mylord ;
Je vois le précipice, et vous vois sur le bord !
Écoutez-moi, Dudley, tâchez de bien m'entendre,
Moi, je vais m'efforcer de me faire comprendre
Vous me manifestez quel est votre désir,
Mais mon honneur m'oblige à n'y pas consentir,
Permettez, à mon tour, quoique jeune et timide,
Que je déclare aussi ce que mon cœur décide
Et croit convenir mieux en ce pressant danger.
Le plus cruel destin est sujet à changer,
Tel aux plus noirs chagrins, à l'aurore, est en
[proie,

Qui vers le crépuscule est dans l'extrême joie!
Ce malheur vient, je crois, de la cupidité,
Qui toujours nous entraîne à la duplicité:

Hé bien ! de votre nom il vous faut montrer digne,
Bannissez loin de vous l'ambition insigne,
Son appas fastueux trompe tous les mortels,
Et ses plus grands bienfaits nous sont toujours
[cruels !

Pour la gloire et l'honneur partout on vous re-
[nomme

Un brave chevalier, un parfait gentilhomme,
Venez devant la reine, ensemble à ses genoux,
Vous lui déclarerez que vous êtes époux!
Que, séduit par l'éclat de mes trop faibles char-
[mes,

Dont il ne reste plus que la trace des larmes,
Vos yeux et votre cœur, trompés tout à la fois,
De moi pour votre épouse osèrent faire choix!
Un trait si généreux, un effort si sublime,
De tous les gens d'honneur vous assure l'estime ;
Tous les mortels ont droit de choisir leur moitié:
Craignez-vous pour cela d'être disgracié ?
Non, car Elisabeth, de toute sa puissance,
Connaissant notre hymen, prendra votre défense.
S'il arrivait pourtant qu'à me quitter mylord,
Elle vous contraignît? oui, victime du sort,
Je me plaindrai bien bas d'un pouvoir arbitraire,
Et j'irai vous pleurer auprès de mon vieux père!
Mais vous restez muet à ce raisonnement,
De la reine, Dudley, n'êtes-vous point l'amant ?
Ce matin, sa colère, à nous deux si fatale...
Vous frissonnez, mylord? la reine est ma rivale !
Voilà donc le sujet qui trouble ce grand cœur;
Hé bien! il faut braver un aussi fier vainqueur.
Quels que soient son pouvoir et sa haine jalouse,
On n'est jamais puni pour chérir son épouse!..

R. VARNEY, *à part.*

Voudrait-il s'attendrir ? il paraît bien ému.

LEICESTER.

Ton discours me ravit, il montre ta vertu !
Mais il le faut, Amy...

AMY.

Je n'ai plus rien à dire.
Adieu, mon cher époux, adieu, je me retire!
Réfléchissez, mylord, et réfléchissez bien ...
Avant que du départ... Adieu !

*Elle sort, la personne qui l'avait accompagnée paraît ;
Leicester les regarde s'éloigner.*

R. VARNEY, *à part.*

Va, ne crains rien,
Il y va réfléchir, ne t'en mets pas en peine.
Ah! je te tiens, Amy, ton mépris et ta haine!

~~~~~~

SCÈNE IV.

LEICESTER, R. VARNEY.

LEICESTER.

A nous deux, sir Richard, quelles preuves as-tu,
Qui puissent clairement attaquer sa vertu ?
Car il m'en faut, Varney !...

R. VARNEY.

Quelle fureur subite!

LEICESTER.

C'est que je ne crois pas...

R. VARNEY.

Ne jugez pas si vite...
D'une bouche qu'on aime un séduisant discours,
Quoique artificieux, nous sait tromper toujours,
Entraîne notre cœur jusques à la faiblesse.

LEICESTER.

Rappelle-toi, Varney, que c'est de la comtesse,
Comtesse Leicester, que tu parles!

R. VARNEY.

Mylord,
Elle ne peut plus l'être, écoutez mon rapport :
Le temps est précieux, il faut que je m'explique,
Je possède du crime une preuve authentique,
La voici.

*Il défait le petit paquet qu'il tient à la main, et montre
un gant d'Amy Robsart, sur lequel sont brodées les
armes du Comte.*

C'est Michel qui m'a remis ce gant,
Trouvé, dès ce matin, chez lord Tressilian ;
Sur le lit, m'a-t-il dit. Eh bien!... est-elle encore,
Comtesse Leicester ?

LEICESTER, *anéanti.*

Elle me déshonore !
Non, elle ne l'est plus, car je sens que mon
                                    [cœur,
La méprise et renonce à son amour trompeur,
Je la renie enfin, ne me parle plus d'elle.
Et moi, qui m'obstinais à la croire fidèle !
Après de tels discours, qui pourrait, justes cieux !
Penser...? Mais me voici la preuve sous les yeux :
Quoi, cette femme! qui, là, tout-à-l'heure encore,
De ses yeux attisait le feu qui me dévore,
Faisait battre mon cœur du plus parfait amour,
Que j'aimais, et que j'aime, excuse ce retour,
Me trompait sans pitié. Mais dis-moi si je veille.
D'un horrible malheur, je me crois à la veille ?
Rêvé-je, dis-le-moi ?

R. VARNEY.

Non, vous ne rêvez pas.

LEICESTER.

Alors, pour me venger, il faut...

R. VARNEY.

Par son trépas
Vous assurer, mylord, du trône d'Angleterre!

LEICESTER.

Son trépas, malheureux!...

R. VARNEY.

Convient à l'adultère!
Maintenant, ordonnez...

LEICESTER.

Oui, va, cours; non. Attends!

R. VARNEY.

L'adultère, mylord !

LEICESTER.

La tuer à vingt ans?
Non, mon cœur s'y refuse; oh! non, c'est impos-
                                    [sible!
Mais songe donc, Varney, que ce trait est horrible !
Et tu veux que j'ordonne un semblable forfait?

R. VARNEY, *avec ironie.*

Je ne veux rien, mylord, le déshonneur vous plaît!
Gardez le déshonneur, chérissez la perfide !
Libre à vous. De son sang me croyez-vous avide?
C'est dans votre intérêt ce que j'en fais, mylord.

Leicester semble réfléchir.

Mais que résolvez-vous ?

LEICESTER, *paraissant très-préoccupé et marchant
vivement.*

Un prompt départ d'abord.

R. VARNEY.

Ensuite ?...

LEICESTER.

Rien de plus.

R. VARNEY.

Je vais donc avec elle...

LEICESTER, *très-agité.*

Oui, partir pour Cumnor... je compte sur ton zèle.

R. VARNEY.

Que faire à son refus?

LEICESTER.

Tout ce que tu voudras.

R. VARNEY, *à part, en s'en allant.*

Tu ne peux m'échapper, maintenant; tu mourras!

Il sort par la porte du fond.

~~~~~~

SCENE V.

LEICESTER, *seul, ouvrant les deux croisées al-
ternativement, puis la porte, afin de voir la di-
rection que prend Varney.*

Mais il part.

Il regarde à la pendule.

Quoi ! minuit !... au rendez-vous fidèle,
Oui, courons aussitôt où mon honneur m'appelle!

*Il sort précipitamment ; la porte reste ouverte, ainsi que
les deux croisées : on aperçoit le clair de lune. Un instant après qu'il est sorti, on entend un cliquetis d'armes
dans le fond du jardin, et dans l'intervalle, un bruit de
voix en dehors.*

UNE VOIX, *en dehors.*

Le drôle avait raison, ce sont des ferrailleurs.

DEUXIÈME VOIX.

Par Saint-Georges, je crois qu'on peut se battre
                                    [ailleurs,
Sans venir dans ces lieux, et presque aux yeux du
                                    [comte.

PREMIÈRE VOIX.

Si nous les attrapons, il faut leur faire honte.

Le bruit des armes cesse, les voix s'éloignent.

DEUXIÈME VOIX.

Où diable sont-ils donc? je ne les entends plus?

PREMIÈRE VOIX.

Sans doute à terminer ils se sont résolus.
Nos voix auront passé jusques à leur oreille.

DEUXIÈME VOIX, *dans le lointain.*

Leur coup sera manqué, tant mieux, c'est à mer-
[veille,

~~~~~~

SCENE VI.

**LEICESTER, E. TRESSILIAN, FLIBBER-
TIGIBBET.**

LEICESTER, *furieux. Il tient une lettre à la main,
il lit précipitamment; il vient en avant de la
scène, assez pour ne pas être entendu de Tressilian et de Flibbertigibbet, qui restent dans le fond
de la salle. Après avoir lu.*

Non, je n'en reviens pas! je reste stupéfait!
Lui, Varney!... lui, tramer un aussi noir forfait!
Qui l'eût pensé jamais, avec ce doux langage,
Que des vices son cœur fût l'horrible assemblage?
O monstre abominable! exécrable imposteur!
Que traitait ma faiblesse en zélé serviteur!
A d'éternels regrets tu condamnais ma vie!
Si ta rage se fût par malheur assouvie!
Mais, dans ce même instant, le plus vil des hu-
[mains,
Varney tient mon Amy dans ses cruelles mains!
Mon sort de plus en plus devient triste et funeste,
Plaisir, bonheur, tout fuit, le désespoir seul reste!

A Flibbertigibbet.

Toi, malheureux enfant, toi seul en es l'auteur.

A Tressilian.

Pardonnez-moi, mylord, mon injuste fureur,
Mes soupçons odieux, mes injures grossières,
Et mon erreur surtout, qui, fermant mes pau-
[pières,
M'a fait traiter ici l'honneur et la bonté
Avec tous les mépris dus à la lâcheté,
Tandis qu'un scélérat, par sa trompeuse audace,
Dans mon cœur jouissait de la meilleure place;
Secrets, égards, faveurs, en tout il avait part;
Car mon âme de lui ne craignait nul écart.
Ne m'en accusez pas, ce que j'ai pu commettre,
Provient tout du retard de cette aimable lettre.

Donnant la lettre à Tressilian.

Tenez, voyez, Mylord, reconnaissez les traits
De cette infortunée, objet de vos souhaits,
Et jugez si le sort n'est pas par trop horrible
De poursuivre en tous lieux une âme aussi sen-
[sible;

Car, même en ce moment, par force ou par devoir,
Amy suit le cruel, elle est en son pouvoir!

E. TRESSILIAN.

Sans doute qu'à Varney vos ordres sont, j'espère..

LEICESTER.

Sais-je ce que j'ai fait ou dit dans ma colère!
Mais je vais à l'instant, sur un de mes coursiers,
Envoyer après eux l'un de mes écuyers;
Ils ne sont du château qu'à quelques pas, peut-
Et l'on peut... [être,

Il s'approche du secrétaire, s'assied et se met à écrire.

E. TRESSILIAN.

Hâtez-vous, car vous savez qu'un traître
Ne perd jamais de temps pour ses affreux desseins?

LEICESTER, *achevant d'écrire.*

« Qu'on enchaîne Varney comme les assassins;
» Demain je jugerai s'il mérite sa grâce. »

*Il se lève, plie son ordre, et aperçoit un écuyer qui
passe devant la porte.*

A Flibbertigibbet.

Va remettre cet ordre à l'écuyer qui passe,
Et tâche, cette fois, d'être plus prompt.

FLIBBERTIGIBBET, *prenant l'ordre avec crainte.*

Mylord,

A part.

Soyez sûr... qu'avant peu je quitte Kénilworth,
Et que de bien long-temps...

Il sort en courant.

~~~~~~

SCENE VII.

LEICESTER, E. TRESSILIAN.

LEICESTER.

Ah! maintenant, nul doute
Qu'avant peu, l'écuyer les joignant sur la route,
Amy ne craindra plus, et verra que mon cœur,
S'il fut injuste, enfin reconnaît son erreur.

E. TRESSILIAN.

Nous avons de tous deux vidé notre querelle,
Mylord; mais maintenant une plus naturelle
Appelle mon honneur et sans aucun retard;
Je vais m'ouvrir à vous sans attendre plus tard;
Au séducteur d'Amy, à vous, comte, à vous-même,
Je demande raison...

LEICESTER.

Quel infâme blasphème!
Sachez que Leicester, qui va le dire à tous,
N'est pas son séducteur, car il est son époux!

E. TRESSILIAN.

Vous son époux, mylord!...

A part.

Ciel! que viens-je d'entendre!

LEICESTER.

Cette lettre, mylord... elle a dû vous l'apprendre
Vous n'avez donc pas lu?

E. TRESSILIAN.

J'ai craint d'être indiscret.
Elle me paraissait renfermer un secret.

LEICESTER.

Qui n'en doit plus être un, prenez-en connais-
Lisez à haute voix.   [sance.

E. TRESSILIAN, *observant si quelqu'un pourrait*
écouter.

Je puis sans imprudence ?...

LEICESTER.

Oui, oui.

E. TRESSILIAN, *lisant.*

« Cher Leicester! contre ta volonté,
» Si je suis dans ces lieux, c'est pour ma sûreté :
» L'homme auquel ton bon cœur accorde son es-
                                               [time,
» N'est qu'un perfide, né pour le vice et le crime!
» Et si j'ai fui Cumnor, pour être auprès de toi,
» Tu peux blâmer l'amour, mais bien moins que
                                               [l'effroi!
» Car ton lâche Varney, n'ayant pu me séduire,
» A la mort espérait avant peu me conduire;
» A l'aide d'un poison par ses mains préparé,
» Il voulait que mon cœur du tien fût séparé ;
» Mais lord Tressilian, dont l'âme est vertueuse,
» Instruit de mes dangers, de ma demeure affreuse,
» S'assura de mes jours, par le choix excellent
» D'un brave serviteur, de l'honnête Wayland.
» Enfin, je suis ici. Tout le monde m'ignore.
» Je t'attends, mon ami, jusqu'à demain l'aurore,
» Je vais veiller pour toi, dans la tour de Mervyn,

» Viens, cher comte, au plus tôt dissiper mon cha-
                                               [grin,
» Que ta présence au moins ne me soit pas ravie.
» Je t'aime, Leicester, cent fois plus que ma vie!
» Et Dieu, que je chéris, ne m'est pas aussi cher !
» Adieu, mon noble époux! Amy de Leicester.»

LEICESTER.

Eh bien! mylord !

E. TRESSILIAN.

Hé bien ! je ne puis vous le taire,
J'en suis tout étourdi ! Mais qu'espérez-vous faire?
A céler votre hymen je ne puis consentir.

LEICESTER.

Hé! pourquoi le céler ? ai-je à m'en repentir ?
Non, Mylord, de mes torts je dois subir la peine,
Je vais tout avouer à l'instant à la reine.
Il faut qu'aujourd'hui même on reconnaisse Amy
Pour mon épouse, et vous pour mon plus noble ami.
Sans doute que la Reine, en sa surprise extrême,
Va m'écraser du poids de son pouvoir suprême,
Va menacer mes jours, menacer mon honneur ;
Mais, bravant son pouvoir, sa fierté, sa fureur,
Je déclare qu'Amy seule a droit à ma flamme,
Qu'elle seule en ce jour doit régner sur mon âme,
Qu'une fatale erreur, jusques à ce moment,
M'a fait en insensé marcher aveuglément;
Que, las enfin du joug d'une indigne faiblesse,
Je l'avoue hautement mon épouse et comtesse!
Et pour Cumnor, soudain, nous partirons, Mylord,
Car j'y dois ordonner la plus cruelle mort !

Ils sortent par la porte du fond.

Deuxième Tableau.

Le théâtre représente comme au premier tableau du premier acte.

SCÈNE PREMIÈRE.

R. VARNEY, FOSTER.

Au lever du rideau ils sont occupés à ranger une trappe qui se trouve hors de la porte du fond. Ils essaient si elle tourne bien sur son pivot.

FOSTER, *laissant Varney achever de ranger la trappe.*

Quels sont donc vos desseins ? car je ne puis
R. VARNEY.   [comprendre....
Tu les sauras plus tard, pourquoi te les apprendre?

Ils viennent en scène.

Lorsqu'on sait tout, Foster, plus rien ne nous sur-
Aux plus rares beautés on est indifférent. [prend,
Je te veux ménager une douce surprise;

Attends le dénoûment de ma haute entreprise.

Il conduit Foster près de la croisée.

Tiens, viens t'asseoir ici, prends un livre à la main,
Et vois de temps en temps, si, sur le grand chemin,
Le Comte...

FOSTER, *s'assied et prend un livre.*

Vous pensez...

R. VARNEY.

Qu'il peut dans un quart-d'heure,
Dans un instant, paraître, et que plutôt je meure,
Si le Comte arrivait avant que mon projet...
Mais observe, et surtout, à son coup de sifflet,
Ne te dérange pas, je ferai ton service.

Varney s'en allant.   A part.

Je vais voir Alasco... Le moment est propice,

Ne perdons pas de temps, descendons dans la cour,
Et puisqu'elle hait tant ce paisible séjour,
Disposons tout, afin qu'au plus tôt elle en sorte.

Sans être aperçu de Foster, il retouche la trappe, il en tire
deux petites barres de fer, qui se trouvent, l'une à
droite, l'autre à gauche de la trappe, et la remet d'a-
plomb. Il sort un gros sifflet de sa poche, il l'observe.

Mais j'entends quelque bruit...

Il regarde la porte à droite du spectateur.

On ouvre cette porte?
Hâtons-nous... ma fortune, après cette action,
Doit atteindre le but de mon ambition.

Il est entièrement sorti. Il disparaît à gauche du spectateur. Amy et Jeannette entrent à droite du spectateur.

∿∿∿∿∿∿∿∿∿∿∿∿∿∿∿∿∿∿∿∿∿∿∿∿∿∿∿∿∿∿∿

SCÈNE II.

FOSTER, AMY, JEANNETTE.

FOSTER, *à lui-même.*
Il va voir Alasco, voilà qui m'inquiète;
Il médite un forfait.

Il se remet à lire avec beaucoup d'attention. Amy et
Jeannette se tiennent en scène, sur le côté qu'elles sont
arrivées.

AMY.
Ne crains rien, ma Jeannette,
Dieu saura protéger des jours infortunés!

JEANNETTE.
Et s'il les abandonne?

AMY.
Il me les a donnés,
S'il me les veut reprendre il en est seul le maître,
Puisqu'à ses yeux enfin, il faut un jour paraître?
Qu'importe que ce soit ou plus tôt ou plus tard?
Avec toi, mon enfant, je vais parler sans fard :
Puisque tout me déplaît dans cette solitude,
Que je ne trouve ici bonheur ni quiétude,
Sans rechercher la mort, je ne la fuirai pas;
Mes chagrins finiront du moins par mon trépas.
Eh! qui pourrait encor me faire aimer la vie,
Quand par qui je chéris, je la vois poursuivie?
Dans les mains d'un cruel, de mon bonheur jaloux,
Qui m'a remise hier? le sais-tu? mon époux!

JEANNETTE.
Quoi! mylady, le comte?

AMY.
Oui, Jeannette, le comte;
Mais tu ne connais pas le plus fort de ma honte.
Il exige de moi, pour me rendre en ces lieux,
Que je quitte son nom pour un nom odieux!
Pour celui de Varney! d'un scélérat infâme!
Qu'a le voir en époux, je contraigne mon âme!
Pour dessiller ses yeux je fais de vains efforts;
Ma voix et mes discours ne sont pas assez forts.
Alors, pour l'attendrir, j'ai recours à mes larmes;
Mais, cette fois, mes pleurs sont d'inutiles armes,

Il le faut, me dit-il : moi, le cœur déchiré,
Soudain je me retire. Oh! combien j'ai pleuré!
Car à mon souvenir se présentaient sans cesse
Les instans de bonheur de ma folle jeunesse,
De mon père surtout la divine bonté!
Mon erreur... mon époux et sa sévérité!

JEANNETTE.
C'est Varney, mylady, qui vous rend malheureuse,
Pourquoi, pour un méchant, être si généreuse?
Aux yeux du comte, il faut l'accuser hautement;
Dès aujourd'hui, s'il vient, oui, je fais le serment,
Puisque vous n'osez pas...

AMY.
Pour moi, te compromettre!
Non. Si le comte m'aime, il possède une lettre...
Mais ainsi veut toujours le terrible destin :
Qui fuit loin du repos, trouve un malheur certain.
Je le dis devant Dieu, qui nous voit, nous contemple :
J'ai commis une erreur, qu'elle soit un exemple;
Pour toi, d'abord, pour toi, qui vois tout mon
[tourment,
Et d'un parfait amour le triste dénoûment.

Confidentiellement.

Sais-tu que maintenant Leicester me méprise?
Qu'adoré de la reine, il en a l'âme éprise?

On entend un coup de sifflet que donne Varney dans la
cour.

Oh! non, je me trompais! Jeannette, qu'ai-je dit?
Rien. Il m'aime! courons.

Elle s'élance vers la grande porte, met le pied sur la trappe,
qui, tournant sur son pivot, la fait tomber dans un précipice. On entend la commotion du coup et un cri
plaintif.

Ah!

JEANNETTE, *arrivée jusqu'au bord, s'arrête effrayée.*
Varney, sois maudit!

Elle recule et tombe de frayeur sur le siége à côté de la
porte.

FOSTER, *accourant au bruit et s'arrêtant aussi au
bord.*

Ciel!... il voulait sa vie; il a rempli sa tâche!...

R. VARNEY, *en dehors.*
Tout est-il bien, Foster?

FOSTER, *revenant à la croisée.*
Varney, tu n'es qu'un lâche!
Pour ce crime infernal... ah! puisse au moins
Te payer dès ce jour!... [l'enfer

R. VARNEY, *en dehors.*
Je le brave, Foster!...

Varney entre par la porte à gauche du spectateur; il est
tout-à-coup saisi par Tressilian et Raleigh, qui entrent
derrière lui. Jeannette, à l'aspect de Varney, s'enfuit
par la porte à droite du spectateur; Foster, à l'aspect
de Tressilian, s'enfuit par la même porte.

SCENE III.

R. VARNEY, E. TRESSILIAN, W. RALEIGH,
H. ROBSART, DOMESTIQUES *et* SERVANTES.

E. TRESSILIAN.

Vainement, scélérat, tu voudrais te défendre ;
Nous savons tes projets , on ne veut pas t'entendre.

Il le désarme.

Ton épée à l'instant !... Raleigh, observe bien,
Pour se suicider s'il ne lui reste rien.
Le bourreau seulement a des droits sur sa vie !...

A Varney.

De te voir dans ses mains, c'est toute mon envie !
L'écuyer qu'on a mis cette nuit sur tes pas,
Nous l'avons retrouvé dans l'horreur du trépas !...
Tu l'as tué, pourquoi ?

R. VARNEY.

Sa mort m'était utile ;
Je n'aime pas les gens dont l'idée est subtile.
Il avait trop d'esprit pour vivre loin du ciel !

E. TRESSILIAN.

Puisses-tu, chez Satan, être nourri de fiel !
Car je ne doute pas avant peu qu'il te voie,
Tigre ! mais il nous faut le reste de la proie !...
Nous venons de tes mains délivrer la vertu.
Montre-nous la comtesse au plus tôt... m'en-
[tends-tu ?
H. ROBSART.
Varney, je t'en conjure, oui, montre-nous ma fille ;
Tu sais... c'est tout mon bien, mon appui, ma
[famille ?
Réponds-moi : prends pitié du moins de mes
[douleurs !...
Tiens, vois à tes genoux un vieillard tout en
[pleurs !....
Un père malheureux qui te prie et t'implore !...
Tu ne l'as pas tuée !... Elle vit bien encore !...
Faut-il une victime ?... Eh bien ! je vais m'offrir !
Mais dis-moi qu'elle vit, ne me fais pas souffrir !

R. VARNEY, *souriant ironiquement.*

Vous la voulez voir ?

E. TRESSILIAN.

Oui. Ne nous fais pas attendre.

W. RALEIGH.

A te jouer de nous oserais-tu prétendre ?

R. VARNEY.

Puisque vous y tenez...

Il va du côté où est Amy, tous le suivent

La voilà !

Tous reculent de frayeur.

E. TRESSILIAN.

Non, tu mens !
Si tu ne mentais pas, dans ces cruels momens,
Mon bras...

*Sur un signe d'H. Robsart, deux domestiques et deux
servantes sortent par la porte à gauche du spectateur ;
ils vont chercher le corps d'Amy.*

R. VARNEY, *sortant un petit flacon de sa poche,
et en avalant le contenu.*

Je le préviens... Ce poison m'en délivre.

Il tombe à terre.

E. TRESSILIAN.

Puissent tous les méchans ainsi cesser de vivre !

*La trappe s'est refermée, on le sort par la grande porte.
On apporte le corps d'Amy sur la scène, par la porte
à gauche du spectateur ; on le pose à terre dans le fond.
Tressilian, à cet aspect, se trouve mal ; il tombe sur un
siège, Raleigh le soutient.*

H. ROBSART, *sur le corps de sa fille qu'il embrasse.*

O ma fille chérie !... ô père infortuné !...
A vivre pour gémir suis-je donc condamné ?...
Ce sont bien de tes coups, sort cruel !... sort
[barbare !...
Mais tu veux vainement qu'un tombeau nous sé-
[pare.
Je n'avais qu'elle au monde ; elle était mon es-
[poir ;
Je n'aimais qu'elle seule ; ah ! je vais la revoir !...

Il se tue.

La mort va nous unir, nous rendre inséparables.
O vous, jeunes enfans, colombes adorables !
Qui saurez quelque jour quels furent ses mal-
[heurs,
Imitez ses vertus, et fuyez ses erreurs !

Il expire sur le corps de sa fille.

SCENE IV.

LES MÊMES, LEICESTER, *puis* LA REINE *et*
SA SUITE.

LEICESTER , *s'arrêtant un instant à la porte du
fond ; il reste immobile ; après avoir bien exa-
miné, il se précipite sur le corps d'Amy.*

Amy !... c'est le bonheur que ton époux t'apporte !
On vient te reconnaître !... O destin !... elle est
[morte !...

*Il l'embrasse. La Reine et toutes les personnes de sa suite
paraissent à la porte du fond, et semblent effrayées.
La toile tombe.*

FIN D'AMY ROBSART.

L'ATTENTE APRÈS LA SÉDUCTION,

ÉLÉGIE

PAR J. B. MÉTIVIER.

—

Oui, tu pleurais et me disais : «Je t'aime,
» Chère Aveline, et t'aimerai toujours !...
» Adieu, je pars; ma douleur est extrême;
» Il faut quitter... ah! quitter mes amours.
» Je reviendrai, je reviendrai, j'espère,
» Et je serai fidèle à mes sermens. »
Mon cœur aimant jugea ton cœur sincère ;
Depuis ce jour je t'attends, je t'attends!

Tu me brûlais de baisers sur la bouche!
Tu me pressais vivement dans tes bras :
Était-ce un rêve?... ah! si mon sort te touche,
Écris du moins quel jour tu reviendras.
Mais, non, bien loin, sur la rive étrangère,
Quelque autre, hélas! occupe tes instans.
Et moi, je pleure ; et moi, toujours sincère...
Je pleure!... en vain je t'attends, je t'attends !

A qui veux-tu qu'Aveline appartienne ?
J'aime un ingrat : mais je n'ai qu'un seul cœur.
Tu me trompas, Edmond, qu'il t'en souvienne...
Tes yeux, ta voix m'assuraient du bonheur!...
Ah ! dans l'oubli, pour une autre plus belle,
Tu m'auras mise, ingrat, en peu de temps !
Mais moi, toujours je te serai fidèle;
Jusqu'à la mort je t'attends, je t'attends !

A t'oublier crois-tu que rien me force?
Je t'aime trop, je ne pourrai changer.
Où te chercher?... je me trouve la force,
Pour t'aller voir, de braver tout danger.
Mais le temps fuit!... je mourrai de t'attendre!..
Vienne la mort!... les glacés tintemens,
Ces sons pieux, puisses-tu les entendre,
Encor diront : « Je t'attends, je t'attends ! »

www.ingramcontent.com/pod-product-compliance
Lightning Source LLC
Chambersburg PA
CBHW060842180626
46818CB00004B/1546